Alles sieht so festlich aus

W0376608

Alles sieht so festlich aus

Gedichte und Geschichten zur Weihnacht

Herausgegeben von Evelyne Polt-Heinzl
und Christine Schmidjell

Reclam

Der Verlag behält sich die Verwertung der urheberrechtlich geschützten Inhalte dieses Werkes für Zwecke des Text- und Data-Minings nach § 44b UrhG ausdrücklich vor. Jegliche unbefugte Nutzung ist ausgeschlossen.

RECLAMS UNIVERSAL-BIBLIOTHEK Nr. 14600
2005, 2019, 2024 Philipp Reclam jun. Verlag GmbH
Siemensstraße 32, 71254 Ditzingen
Umschlaggestaltung: Philipp Reclam jun. GmbH
Umschlagabbildung: »Glückwunsch Weihnachten, Weihnachtsbaum, zwei Mädchen, Puppe« – akg-images/arkivi
Schmuckelemente: © shutterstock.com / Evgeniya Sheydt
Druck und Bindung: Esser printSolutions GmbH,
Untere Sonnenstraße 5, 84030 Ergolding
Printed in Germany 2024
RECLAM, UNIVERSAL-BIBLIOTHEK und
RECLAMS UNIVERSAL-BIBLIOTHEK sind eingetragene Marken der Philipp Reclam jun. GmbH & Co. KG, Stuttgart
ISBN 978-3-15-014600-2

www.reclam.de

Inhalt

Advent – auf Weihnachten zu

Das Weihnachtsfest in Kindertagen

Was damals geschah …

Der Weihnachtsabend und die Bescherung

Advent –
auf Weihnachten zu

CHRISTINE BUSTA

Kleine Dezemberelegie

Seltsamster Freudenmonat im Dickicht
zwischen Erwartung, Enttäuschung, Versagung
meiner Kinderjahre, durch die manchmal
noch ein bimmelnder Pferdeschlitten fuhr.

Dezember, geheimnisvolle Palette
aus Gerüchen, Farben, verwehenden Tönen:
Bratäpfel, heiße Maroni, Nebel,
Wachs und Weihrauch, bitteres Harz.

Morgenschneelicht, irisierender
Kaufbudenflitter und dahinter
das Graugemisch der Hinterhöfe,
die Hungerblässe in ungeheizten
Zimmern und die sternlose Schwärze
einer fieberdumpfen Heiligen Nacht,

in der unüberhörbar mit dünner Stimme
eine ferne Glocke zu singen begann.

HEINRICH DETERING

Advent

nun komm mach schnell
die Tür mach weit
es wird schon hell
es wird bald Zeit

es geht der Wind

und wo wir sind
sind Türen
nun komm schon Kind
wir frieren.

KURT SCHWITTERS

Nikolaus

Es ist Nikolaustag. Ein trüber, regnerischer Tag, wie in unserer Zone das Wetter vor Weihnachten immer ist. Dann verschläft man einfach die Zeit. Ausgerechnet musste ich früh wohin, und so ging's Kartoffel, Kartoffel in die Hose, in die Stiefel, sobald ich erwacht war. Ich hatte gerade viel vor und musste weit über Land. Und was mein rechter Stiefel war, der wollte partout nicht angehen. Da packte mich die Wut, ich zog ihn mit einem Ruck an, ob dabei mein Fuß sich verbog oder nicht, einerlei. Donnerwetter, musste ich hinken. Nun war doch so feuchtes Wetter, und ich denke, der Regen hat den Stiefel wahrscheinlich strammgezogen, der ist nun mal nicht größer.

Ich gehe also über Land. Der rechte Stiefel klemmte mich bald rund um den Fuß, wie ein Band. Ich wollte pfeifen, aber danach war der Stiefel nicht eingerichtet. Gut, dass heute Nikolaus ist, denke ich, denn solch ein Gedanke ergeht einem. Den ganzen Tag ist Nikolaus. Die Kinder freuen sich auf Nikolaus, stellen ihre Stiefel vor die Tür, und dann legt ihnen der am Tag da was rein. Das ist nun mal so. Ach, wie goldig ist doch die Kinderzeit. Wenn nur der rechte Stiefel nicht so drücken wollte. Abscheulich. Wenn ich ein Kind gewesen wäre, hätte mir Nikolaus sicherlich meinen Stiefel aufgeweitet, als Dank dafür, dass das heute sein Tag ist, aber Erwachsenen tut er dieses nicht. Höchstens, dass die ihm die Sachen bezahlen müssen, die er den Kindern bringt. Und so ging's den ganzen Tag, abwechselnd: »Wie schön ist solch ein Nikolaustag«, und: »Die verfluchten Stiefel!«

Abends kam ich ganz erschöpft nach Hause. Ich sage zu meiner Frau: »Dorthe, ich glaube, ich habe, ich muss wohl sehr geschwollene Füße haben, wenn das nur nicht krankhaft ist. Aber beruhige dich, denn es ist heute Nikolaus.« »Ach du armes Männchen«, sagt da meine Frau, »da setz' dich nur schön in den Lehnstuhl und ziehe deine warmen und weichen, bequemen Puschen an. Und wie hat dir denn heute Morgen die Marzipankartoffel geschmeckt?« – »Welche Marzipankartoffel denn?« – »Nun, die der Nikolaus in den rechten Schuh gelegt hat?« – »Was?«, schrie ich auf, »der hat mir eine Marzipankartoffel in den Schuh gelegt?«

»Nun, hast du sie denn nicht gefunden?« –

Da wurde mir alles klar, ich hatte einen ganzen Tag auf der Kartoffel gelaufen.

Ich den Schuh aus, und da hatte sich die Kartoffel wie ein Pfannkuchen breitgetreten. Es ist doch nichts wert, wenn Nikolaus die Erwachsenen auch noch wie Kinder behandelt. Und dabei hat meine Frau die Kartoffel beim Nikolaus noch für teures Geld kaufen müssen.

OSKAR JAN TAUSCHINSKI

Von Türen und Krippen

Ich habe Susanne Sedlak im Jahre 1946 kennengelernt, im Herbst.

Wie alljährlich im November war ich auf der Suche nach passenden Weihnachtsgeschenken für meine Freunde. An Büchern und praktischen Dingen des täglichen Gebrauchs war noch nicht viel zu bekommen, so mußte man sich wohl oder übel zur Anschaffung von Sachen bequemen, die jeder mit den begeisterten Worten: »Wie hübsch! Ganz reizend! Nein, bezaubernd!« betrachtet, ohne daß in ihm auch nur der leiseste Wunsch keimt, sie zu besitzen. Ich meine die Erzeugnisse des Kunstgewerbes, das nach jedem Krieg eine kurze intensive Blüte erlebt und dann, ganz plötzlich wieder an den äußersten Rand der Produktion gedrängt, ein kümmerliches Eigenbrötlerdasein fristet.

Das Los der Kunstgewerbler ist nicht zu beneiden; da haben es die Wurst- und Textilfabrikanten doch erheblich besser. Wenn die Selchwaren und die Wollstoffe wieder in den Auslagen erscheinen, dann beginnen die kunstvoll glasierten Tongefäße, die geschnitzten Holzkassetten, die raffiniert gemusterten Strohmatten und edel geformten Lampenschirme langsam, aber unaufhaltsam auf ihren Regalen zu verstauben – bis zu dem Zeitpunkt, da alle wieder Fett ansetzen und die Kleiderkästen ihren Inhalt kaum noch bergen können.

Susannens Kunst allerdings war krisenfest. Ihr Name hatte sich durchgesetzt. Nicht nur in Fachkreisen wußte man von ihr und ihrer Arbeit; auch das Käuferpublikum kannte sie. Eine Sedlak-Keramik zu besitzen oder zu schenken, gehörte schon vor dem Krieg zum guten Ton, und man hatte nicht nur in den Schaufenstern der besseren Kunsthandlungen und in der geschmackvollen Auslagenvitrine, die ihr ein großes Porzellangeschäft am Graben zur Verfügung stellte, ihre originellen Fabeltiere und Figuren gesehen, sondern auch in Privathäusern.

Nun war ich darauf aus, eine Weihnachtsgabe für eine zartbesaitete und gefühlvolle Dame zu ergattern, welche sich diese unmodernen Eigenschaften bis in unsere Tage herübergerettet hatte. Vielleicht, so dachte ich, könnte man sie mit einer Krippe erfreuen.

Ich fand Susanne Sedlaks Adresse im Telephonbuch und begab mich in die Siebensterngasse. Das Haus hatte starke Bombenschäden davongetragen, war aber noch bewohnbar. Die Tür im zweiten Stock, an der ein getriebenes Messingschild mit der Inschrift »Atelier Sedlak« befestigt war, mußte der Luftdruck aus den Angeln gerissen haben. Sie war wohl wieder eingehängt worden, und ihre Wunden schienen mit Hilfe frischer Holzteile notdürftig ausgeheilt, aber noch hatte sich kein Lack über das Alte und das Neue vertuschend und ausgleichend gebreitet. Anstatt ihrer unpersönlichen Pflicht des schweigsamen Abschließens nachzukommen, sprach diese Tür in beredten Worten von ihren Erfahrungen. Davon, wie sie ursprünglich als Hüterin des intimen Friedens getischlert worden sei und wie sie im Lauf des letztvergangenen Jahrzehnts nur noch dem Schein nach das Privatleben der Bewohner vor der Außenwelt geschützt habe, denn in Wahrheit sei ein privates Dasein ja schon als solches staatsfeindlich und unstatthaft gewesen. Privatleben im Krieg – das wäre ja zum Lachen! Aber die

Bewohnerin der Räumlichkeiten dahinter hatte sich lange in der Illusion gewiegt, die Tür sei imstande, sie vor zudringlichen Augen und Ohren zu bewahren, und war fern davon gewesen zu lachen, als sie anläßlich eines Gestapoverhörs erkennen mußte, auf einer offenen Schaubühne gelebt zu haben. Denn das Tosische Schloß der Eingangstür vermochte ja nur gegen bescheidene Diebe und Einbrecher Schutz zu gewähren, die Koryphäen des Verbrechens aber nicht im mindesten zu behindern.

Diesem jammervollen Scheindasein der Tür hatte ein Treffer, der ins Hinterhaus einschlug, ein Ende bereitet. Sie war trotz des Tosischen Schlosses mit Krachen an die Wand geflogen und mag diesen Schicksalsschlag vielleicht sogar als Erleichterung empfunden haben: als Befreiung von einer unwürdigen, verlogenen Rolle.

Und nun war man bemüht, sie wieder in ihre alten Rechte und Pflichten einzusetzen. Man hatte sie geleimt und genagelt und man verschloß sie. Würde sie wohl ihre ehemalige vornehm distanzierende Bedeutung wiedererlangen? Wer konnte das damals wissen! Im allgemeinen kommt ja Vergangenes nicht zurück, und wenn es kommt, so scheint es uns seltsam leblos, unzeitgemäß, oft sogar peinlich fremd, weil wir selbst uns verändert haben.

Dies alles sagte mir die Tür in dem kurzen Augenblick, ehe mir aufgetan wurde. Eine kleine Person von unbestimmbarem Alter, graublond, mit großer Nase und hoher, gebuckelter Stirn, stand vor mir. Ich nannte meinen Namen und mein Anliegen. Sie bat mich einzutreten. Es war die Künstlerin selbst. – Sie wandte sich, um mir den Weg ins Zimmer zu weisen, und nun, da ich sie von hinten sah, bemerkte ich die Ungleichheit ihrer Schulterblätter, von denen das linke deutlich hervortrat und so der ganzen gedrungenen Gestalt eine Krümmung nach rechts diktierte, während der Kopf auf dem zu kurzen Hals – als wolle er das verlorengegangene Gleichmaß wiederherstellen – nach links geneigt war.

Das Zimmer, das wir betraten, war recht groß, warm geheizt und sehr gemütlich. Eigentlich befand sich nichts darin, was besonders schön, kostbar oder originell gewesen wäre. Niedrige, bequeme Sitzgelegenheiten um einen ebenfalls niederen runden Tisch bildeten mit einer Stehlampe eine Ecke. Die den Fenstern gegenüberliegende Wand nahm ein einfaches schwarzes Bücherregal ein, das bis zur Decke hinauf vollgestopft war. Ein breiter Schlafdiwan und ein kleiner Schreibtisch bildeten den Rest der Einrichtung. In der Mitte des Raumes lag ein alter, etwas schadhafter Perserteppich.

»So. Also jetzt im November kommen Sie und wollen natürlich noch vor Weihnachten bedient sein«, sagte Frau Sedlak mit gespielter Entrüstung, aber ich fühlte, daß sie wirklich ein wenig ärgerlich über die Zumutung war.

Demütig gab ich zu, mein Ansinnen sei gewissermaßen eine Unbescheidenheit, wenn sie nun aber doch Gnade vor Recht ergehen lassen wolle ... Und ich dachte im stillen: Die tut ja so, als ob sie Geschenke austeilen müßte!

»Nun, und wie stellen Sie sich Ihre Krippe vor? Haben Sie da konkrete Wünsche?« Sie bot mir einen der bequemen Kanadier an und nahm selber Platz.

»Nein«, sagte ich, »eigentlich nicht. Ich habe nur so vage an eine Gruppe von Hirten und Königen um das Jesuskind gedacht, ganz bescheidene, innige Gestalten ...« Ich ließ den Satz unbeendet, denn ich wußte eigentlich nicht, was ich weiter sagen sollte. Auch schien mir, als habe sich um

Frau Sedlaks Mund ein leiser Zug von Mißbilligung gezeigt. Eigentümlich ausdrucksreich war dieser Mund. Groß und schmallippig lag er als gerader Strich unter der langen Nase. Nur die äußersten Mundwinkel waren ein wenig aufwärts gezogen und verliehen zusammen mit der weichen Linie der Wangenpartien dem Gesicht etwas tröstlich Hoffnungsvolles und Tapferes, während die Augen unter der hohen Stirn eher resigniert dreinschauten.

»Innig?« sagte sie nach einer kurzen Pause. »Nun ja, das läßt sich hören. Eine gewisse Verinnerlichung müssen Krippenfiguren gewiß haben. Aber warum denn um Himmels willen bescheiden? Sind wir in unserem Alltag nicht ärmlich genug geworden? Sollen wir denn auch unsere Feste in Bescheidenheit feiern? Das liegt unserem Wesen doch gar nicht. Wir sind für die Sonnenseite des Lebens geboren hierzulande. In der Not versagen wir kläglich, das dürften Sie wohl auch in den letzten Jahren gemerkt haben. – Aber lassen Sie mich nur machen! Die Krippe können Sie am zwanzigsten Dezember abholen; und wenn sie Ihnen nicht gefällt, dann gnade Ihnen Gott!« Sie drohte mir energisch mit erhobenem Finger. Aber gleich danach schien sie sich eines Besseren besonnen zu haben und fuhr milder fort: »Übrigens können Sie schon früher anrufen; ich werde mich recht beeilen, denn – falls die Krippe Ihnen nicht zusagt, brauchen Sie sie auch nicht zu kaufen, dann müssen Sie aber noch etwas Zeit haben, um ein anderes Geschenk für die Dame zu besorgen.«

Ich verabschiedete mich mit gemischten und widerstrebenden Empfindungen, die zu analysieren ich jedoch vergaß. Wo käme man hin, wollte man jede flüchtige Bekanntschaft unter die Lupe nehmen?

Als ich das Haus verließ, hielt gerade ein Jeep am Rande des Gehsteigs. Ein schlanker, noch junger Mensch in Zivilkleidern, mit schmalen Schultern und einem liebenswürdigen Studierkopf sprang heraus, warf dem uniformierten Fahrer ein paar Worte in unverständlichem Englisch zu und verschwand fast laufend im Haustor.

Als ich mich etwa sechs Wochen später abermals zu Frau Sedlak begab, um die Krippe abzuholen, stand wieder der Jeep vor dem Haus, und auf der schlecht beleuchteten Stiege begegnete ich demselben Mann, der diesmal ebenso eilig seinem Auto zuzustreben schien.

Frau Sedlak war guter Dinge. Sie scherzte, als sie mich hereinführte, nannte mich einen gestrengen Auftraggeber und drückte übertriebene Befürchtungen aus, ob es ihr wohl gelungen sein mochte, sich ihrer Aufgabe zur Zufriedenheit des Brotherrn entledigt zu haben.

Über den runden Tisch im Wohnzimmer war eine grüne Samtdecke gebreitet, und darauf hatte die Keramikerin die Krippe gestellt. – Nur mit Mühe vermochte ich meine Überraschung zu meistern, die aus einfachem Erstaunen und sofortiger Bezauberung zusammengesetzt war.

Da standen die Figurinen. – Nein, sie standen gar nicht. Es war ein Kommen und Gehen, ein Niederknien und Herzudrängen, ein »Schaut her!« und »So kommt doch schneller!«, ein »Ach!« und »Oh!« und »Halleluja!« vor einer Gartenlaube mit breiter Steinterrasse, auf der die Heilige Familie ihren Sitz hatte. Das war beileibe kein Bethlehem im herkömmlichen Sinn, eher ein Volksfest, eine barocke Weihnachtspantomime im lampionerhellten Belvederegarten. Maria war ein süßes Mädel vom Grund, und der Josef mit dem Umhängebart konnte im Zivilberuf Fiaker sein. Das Morgenland der Heiligen Drei Könige mochte Währing oder Döbling heißen, und die Hirten und Bauernfrauen waren in Favoriten daheim und sprachen zu Hause böhmisch. Aber nun hatten sich alle mit großen Pelerinen und Umhängen drapiert, hatten seidene Schlafröcke angezogen und Papierkronen aufgesetzt und trugen ihre Gewandung mit einem selbstverständlichen, großsprecherischen Pomp, als seien sie es gar nicht anders gewöhnt. Freude und Ausgelassenheit herrschten in der bewegten Gruppe, die trotzdem etwas von wirklicher Frömmigkeit an sich hatte. Alle liebevollen Blicke und innigen Gebärden galten dem Jesuskind, das in der Mitte in einem Korb lag. – Nein, nicht dem Jesuskind, dem »Christkindl«! Es war denkbar, daß man nach der gebührenden Anbetung, nach den Weihnachtsliedern und Chorälen, den Weg zu lustigeren Noten ungeniert finden werde. »Mei Muatterl war a Weanerin« lag ja schon in der Luft und hätte zu Maria, die man daheim gewiß Mizzi nannte, ausgezeichnet gepaßt.

Mein Entzücken war so groß, daß es nicht einmal bei der Nennung des sehr hohen Preises nachließ. Ich zahlte. Wir packten die Figurinen vorsichtig in Seidenpapier und Holzwolle und betteten sie in den Koffer, den ich eigens dazu mitgebracht hatte.

Ja – nun hätte ich eigentlich gehen sollen. Aber wir waren unversehens ins Gespräch gekommen, und Frau Sedlak wurde mir mit jedem Satz sympathischer und vertrauter. Wahrscheinlich hatte ich erst auf dem Umweg über ihre Arbeit den Weg zur Künstlerin selbst gefunden.

Als ich aufbrach, war es elf Uhr abends.

In der Folgezeit habe ich unzählige gemütliche Stunden in Frau Sedlaks Wohnzimmer verbracht. Meist mit ihr und Mister Hopkins zu dritt. Aber dann wurde der junge Gelehrte aus dem Heeresdienst entlassen, der ihm ohnedies nur lästig war, und übernahm wieder die Leitung des biologischen Laboratoriums in Montreal.

An einem heißen Sommertag des Jahres 1949 habe ich die beiden zur Westbahn begleitet. Mister Hopkins' Augen lachten und sein schmales Gesicht war gerötet, als er seiner körperbehinderten Frau beim Einsteigen behilflich war.

Der Zug setzte sich in Bewegung. Ich winkte noch eine Weile mit der Hand und dann, als die Entfernung größer wurde, mit der Aktentasche, die mir plötzlich sehr schwer schien. – Ach richtig: Frau Susanne hatte mir im letzten Augenblick, ehe wir die leergeräumte Wohnung verließen, ein großes, flaches Paket übergeben.

»Das habe ich einmal geschrieben«, hatte sie gesagt und war mir dabei etwas verlegen erschienen. »Aber nun hat es keinen Wert mehr für mich. Es stammt aus einem anderen Leben, das abgelaufen ist. Ich wollte es schon verbrennen, aber dann sind Sie mir eingefallen. Für einen Literaten ist so etwas vielleicht interessant. Versprechen Sie mir nur, das Manuskript zu vernichten, sobald Sie es gelesen haben. Ich verlasse mich diesbezüglich auf Sie! – Und noch eines: Bitte, lesen Sie es nicht gleich, gönnen Sie sich – und mir – ein wenig Zeit.«

THEODOR FONTANE

*Weihnachtliche Vorboten

Mit dem Gänseschlachten fing es an. Eine reguläre Wirtschaftsführung ohne Gänseschlachten konnte nicht wohl gedacht werden. Es handelte sich dabei um mancherlei, zunächst wohl um die Federn zur Herstellung immer neuer Fremdenbetten, vor allem aber auch um die geräucherten Gänsebrüste, die fast so wichtig waren wie die Schinken und Speckseiten im Rauchfang. Waren, kurz vor Martini, die Gänse zu diesem Zweck in genügender Zahl herangetrieben und auf dem Hofe, wo nun ein entsetzliches Schnattern uns eine Woche lang um unsere Nachtruhe brachte, zu letzter Auffütterung eingepfercht, so wurde auch schon der Tag zu Beginn der Festlichkeit festgesetzt. Meist Mitte November. Auf dem Hofe, hart an die Giebelwand des Hauses sich lehnend, befand sich, wie schon erzählt (und zwar sonderbarerweise mit einem Taubenschlage darüber), die Gesindestube, darin außer der Köchin noch zwei Hausmädchen schliefen. Immer vorausgesetzt, dass sie schliefen. Der Kutscher – an Stelle des alten Ehm war längst eine jugendliche Kraft getreten – sah sich der Hausordnung nach zunächst freilich auf die Häckselkammer neben dem Pferdestall angewiesen, er verzichtete jedoch gern auf die Selbständigkeit dieses ihm zuständigen Aufenthalts und zog es vor, den ohnehin engen Raum der Gesindestube durch seine Gegenwart noch enger zu machen. Alles nach dem Satze: »Raum ist in der kleinsten Hütte etc.« War nun aber die Gänseschlachtzeit herangekommen, so bedeutete das eine weitere, sehr erheblich gesteigerte Raumbeschränkung, denn am selbigen Abend, an dem das Massakrieren beginnen sollte, stellte sich zu dem, was für gewöhnlich die Gesindestube beherbergte, auch noch ein Aufgebot alter Weiber ein, vier oder fünf, die sonst als Wasch- oder auch wohl als Jätefrauen ihr Dasein fristeten. Und nun begann das Opferfest. Immer spät abends. Durch die weit offenstehende Tür, geöffnet, weil es sonst vor Stickluft nicht auszuhalten gewesen wäre, schienen die Sterne in den verqualmten und durch ein Talglicht kümmerlich erleuchteten Raum hinein. An dem Talglicht immer ein Dieb. Nächst der Tür aber, in einem Halbkreise, standen die fünf Schlachtpriesterinnen, jede mit einer Gans zwischen den Knien, und sangen, während sie mit einem spitzen Küchenmesser die Schädeldecke des armen Tieres durchbohrten (eine Prozedur, deren Notwendigkeit mir nie klargeworden ist), allerlei Volkslieder, deren Text in einem merkwürdigen Gegensatz sowohl zu dem mörderischen Akt wie zu der Trauermelodie stand. So wenigstens musste man annehmen, denn die Mädchen, die, den Gast aus der Häckselkammer zwischen sich, auf der Bettkante saßen, begleiteten die Volkslieder mit unendlichem Vergnügen, ja, die besonders traurig klingenden Stellen sogar mit Juchzern. Meine beiden Eltern waren sittenstreng, und es war oft die Rede davon, ob diesem frechen Treiben nicht Einhalt zu tun sei; schließlich aber hatte man den Kampf dagegen aufgegeben, und mein Vater, dem es schwante, dass dergleichen schon im Altertume vorgekommen sei, sagte, nachdem er nachgeschlagen: »Es ist eine Wiederholung alter Zustände, römische Saturnalien oder, was dasselbe sagen will, momentane Herrschaft der Dienenden über die sogenannte Herrschaft.« Und als er so den Hergang historisch rubriziert hatte, gab er sich zufrieden, umso mehr, als die Mädchen am andern Morgen ihn jedes Mal durch einen ganz besonders sittigen Augenniederschlag erheiterten. Er stellte dann phantastisch ausschweifende Betrachtungen an, als ob »Gil Blas« seine Lieblingslektüre gewesen wäre. Das war aber nicht der Fall, er las vielmehr nur Walter Scott, was ich ihm heute noch danke, denn einige Bröckelchen fielen schon damals für mich ab. »Quentin Durward« zog er allem vor, vielleicht weil es ein französischer Stoff war. Ich habe hier übrigens noch hinzuzufügen, dass die Schrecknisse dieser Gänseschlachtepoche mit der eigentlichen Schlachtnacht und den Trauermelodien keineswegs abgetan waren, sondern sich durch mindestens eine halbe Woche hin noch weiter fortsetzten. Diese Schlachtzeit war nämlich zugleich auch die Zeit, wo das aus Gänseblut zubereitete »Schwarzsauer« tagtäglich auf unseren Tisch kam, ein Gericht, das nach pommerscher Anschauung alles andre aus dem Felde schlägt. Auch mein Vater hielt es für seine Pflicht, sich dieser landestümlichen Anschauung anzuschließen, und sagte, wenn die dampfende Riesenschüssel erschien: »Ah, das ist recht; davon esst nur; das ist die schwarze Suppe der Spartaner; alles Saft und Kraft.« Er selber aber suchte sich geradeso wie wir das Backobst und die Mandelklöße heraus und überließ die Kraftbrühe der Gesindeschaft draußen und vor allem den Schlacht- und Klageweibern, die sich durch ihre Bohrversuche den gegründetsten Anspruch darauf erworben hatten.

Etwa vierzehn Tage später folgte dann das Schweineschlachten. Meine Stellung dazu war noch genau dieselbe wie zu der Zeit, wo ich, kaum siebenjährig, aus der Stadt hinaus auf Alt-Ruppin zu geflohen war, um sowohl dem

Anblick wie der ganzen Skala ohr- und herzzerreißender Töne zu entgehen; aber ich war doch inzwischen aus den Kinderjahren in die Jungensjahre hineingewachsen, wo man wohl oder übel seine Ehre darin setzt, alles mannhaft mit durchzumachen, auch wenn sich die eigenste Natur dagegen auflehnt. Dass die Aussicht auf ›Reiswurst mit Rosinen‹ bei Durchführung dieser Tapferkeitskomödie mitgewirkt hätte, kann ich nicht sagen, denn sosehr ich sonst für gute Bissen war, so war ich doch in den der Weihnachtszeit voraufgehenden Wochen immer halb krank von dem unausgesetzt das Haus durchziehenden Fettwrasen. Jedenfalls konnte von gutem Appetit um ebendiese Zeit (trotzdem sichs da gerade verlohnt hätte) nie recht die Rede sein, besonders dann nicht, wenn um Anfang Dezember, wie fast regelmäßig geschah, auch noch ein Hirsch von der Oberförsterei her eingeliefert war, der nun – aufgebrochen wie man ein Rind aufbricht – an die Giebelwand des Gesindehauses gehängt wurde. Tag um Tag trat dann die Köchin an das schreckliche Giebelornament heran und schälte erst das Ziemer und dann die Vorder- und Hinterschlegel heraus, so dass wir immer aufatmeten, wenn es mit dieser Wildherrlichkeit wieder vorbei war.

Unter einem glücklicheren Stern stand die Backwoche, wo mit Pfeffer- und Zuckernüssen begonnen und mit Brezeln, Kranz- und Blechkuchen aufgehört wurde. Wir durften nicht nur mit in die Backstube hinein, darin es überaus anheimelnd nach bitteren Mandeln und geriebener Zitrone roch, sondern erhielten auch, als Weihnachtsvorschmack, eigens für uns Kinder gebackene kleine Wecken, alles reichlich zugemessen. »Ich weiß«, sagte meine Mutter, »dass sie sich den Magen daran verderben, aber das ist besser, wie wenn sie knapp gehalten werden. Sie sollen all diese Zeit über eine Festfreude haben, und die bringt ihnen ein Festkuchen am besten bei.« Es hat was für sich, und bei ganz robusten Kindern mag es das unbedingt Richtige sein. Aber so robust waren wir doch nicht, dass es für uns so ohne weiteres gepasst hätte. Mir war denn auch um Weihnachten herum immer sehr weinerlich zumute.

HEINZ PIONTEK

Auf Weihnachten zu

Advent. Eigenartiges Wort. Obwohl es uns alle Jahre wieder von den Lehrern erläutert wurde, blieb es mir fremd. Für mich, sagte meine Mutter, ist es die schönste Zeit des Jahres. Ich war skeptisch. Mir dauerte sie zu lange. Aber meine Mutter Maria sang mit sehr hohen Tönen sämtliche Strophen der Adventslieder, während sie den mit siebenerlei Gewürzen angereicherten braunen Pfefferkuchenteig durchwalkte oder mich in die Ecke trieb, wo ich zusehen konnte, wie sie die Fußböden unter Wasser setzte, bis sie schimmerten. Einige Lieder, in die sie ihre Erwartung mit besonderer Gewalt zu legen vermochte, wiederholte sie oft. Wenn es dämmerte, machten wir kein Licht, sondern setzten uns in die Küche ans Fenster und blickten stumm hinaus. Manchmal fiel Schnee. Hinter uns fauchte das Feuer im Herd, und in den Scheiben spiegelte sich der Feuerschein aus den Ritzen der schlecht schließenden Klappe.

Dunkelstunde nannten wir die Zeit unseres Meditierens in der Küche. Sie wurde abgebrochen, wenn drüben im Block der Eisenbahner ein Fenster ums andere hell geworden war und uns zu Bewußtsein kam, daß wir in Preußen lebten. Sofort machte meine Mutter Licht, das heißt, sie zündete die Petroleumlampe an, weil ihr zeitweise das elektrische Licht zu kostspielig erschien, schaufelte fette Kohlen nach und ging wieder streng an ihre Geschäfte. Aber ich mit meinen sieben oder zehn Jahren, ich hatte nichts weiter zu tun, als an der Dochtschraube der Lampe zu drehen, bis die Flamme so hochschlug, daß sie den Glaszylinder verrußte.

Winter. Das war schon eher ein Wort nach meinem Geschmack. Sobald draußen der erste Rauhreif lag, bestand ich darauf, daß wir meinen Schlitten vom Hausboden herunterschleppten, vergaß auch nicht, die Schlittschuhe vom Nagel zu nehmen. Den Schlitten stellte ich senkrecht neben die Hoftür. Ich freute mich über seine leichte und schnittige Bauweise und daß sein Holz allerhand aushielt, auch wenn das Wetter nach und nach seine gelbe Politur zerstörte. An die Bugleiste band ich die einzige Glocke, die wir besaßen. Mit den Schlittschuhen war es fast noch schöner. Ihren Stahl konnte man mit einem Lappen zum Spiegeln bringen. Vorsichtig prüfte ich den Hohlschliff der Kufen mit den Fingerspitzen. Eins a. Meist aber war der Schnee noch wäßrig im Advent, und wie langsam das Eis auf den Teichen wuchs, davon überzeugten wir uns täglich, indem wir Steine, Stöcke, alte Flaschen gegen die Eisdecke feuerten und mit unseren eisenbeschlagenen Absätzen nach ihr hackten. Morgens gingen wir auf das Windeis der Pfützen los. Sein leises sprödes Krachen verschaffte uns Genugtuung. So geistreich waren wir.

Aber die ersten, charakteristischen Geräusche an den Adventsmorgen waren das Scharren des Schneeschiebers, der Raucherhusten sowie einige satte wasserpolackische Ausdrücke unseres Hausmeisters, der uns Tüchtigen die Bahn frei machte. Daß man sich gegen die Kälte schützen mußte, war klar. Die Doppelfenster hatten wir bereits eingehängt und unten zwischen die Rahmen Zeitungspapier gestopft. Aber was den eigenen Körper betraf, diese bleiche zarte Figur, die die Erwachsenen mit der Bezeichnung Dreikäsehoch verallgemeinerten, diesen Körper also mußte ich jetzt mit allem möglichen Zeug panzern: mit Unterhose und

Unterhemd, einem Leibchen, langen Wollstrümpfen, die erbärmlich auf der Haut kratzten, zwei Pullovern übereinander, dann noch die Joppe, die Mütze mit Ohrenschützern und vom Schneewasser verfilzte Fausthandschuhe. Es bereitete mir Unbehagen. Draußen jedoch war ich froh, denn der Ostwind, der podolische, war berühmt, und der Westwind wehte nur heimtückischerweise etwas weniger schneidig. So krauchte unsereins durch die Winterfrühe.

Daß es auf Weihnachten zuging, war überall abzulesen. Mit dem Kopf nach unten, steifgefroren, hingen Gänse außen an den Luken der Speisekammern. Und neben dem Schaufenster der Wildbrethandlung Seja, an eigens dafür eingemauerten Haken, die niedergeschossenen Rehe, Hirsche, Hasen, Fasane. Vereistes Blut klebte an ihren Nüstern, in den Pelzen rings um die Schußwunde, auf den prächtigen Federkleidern. Blut, für unser bürgerliches Fest vergossen. Scheu warfen wir Blicke auf die hellen Bäuche und gebrochenen Lichter. Jugendliche Helden packten die erstarrten Läufe verstohlen mit zwei Fingern. Eigenartig schön, dachte ich, ist wohl die Jägerei. Von den Jägern kam ich auf schnellstem Weg auf den tiefen Wald unserer Ebene. Ich sah ihn vor mir, wie er unter dem Druck des Schnees ächzte, Eichhorn und Dachs schlummernd in ihrem Bau, das Hochwild in weißen Kuhlen um hübsche Futterplätze, Heufäden kauend, überall diese unwahrscheinlichen Schneemauern, die womöglich zwei fürwitzige Kinder begraben hatten, die entgegen den Ermahnungen ihrer armen alten Mutter und ihres armen alten Vaters doch hinaus in den Wald gewandert waren, Schnee, Schnee, kein Durchkommen, vielleicht nicht einmal für den Bringer aller Gaben.

Wenn der Silberne Sonntag und dann der Goldene anbrach, schien die Zeit ungefähr stillzustehen. Ruhelos zogen wir von einem Spielzeuggeschäft zum andern, zuckten die Achseln über das Feilschen der Christbaumkäufer und leckten unsere aufgesprungenen Lippen. Plötzlich war es zum Heulen kalt. Bessere Landleute hatten, bevor sie zum Einkaufen lostrotteten, ihre Kutschpferde in Decken eingehüllt, die Pferde schnaubten, daß die Köpfe in weißem Dampf zerflossen, und hinterließen an ihren Standplätzen große gelbliche Flecke. Im Dunkeln zottelten die Kutschen mit funzelnden Laternen aus der Stadt. Am andern Morgen erwachte man vielleicht schon von Schlittengeläut.

Aber so ein Abend nahm sich Zeit, an morgen war da vorläufig gar nicht zu denken. Talentiert zeichnete ich die Schattenrisse der Schlachtschiffe aus dem Deutschen Flottenkalender von 1911 ab, bei den Pferden versuchte ich die riesigen Atemwolken aufs Papier zu bringen, ich schnupperte an meinem Malgerät, das herb oder giftig roch, dann stellte ich die Wanduhr vor, ohne daß es jemand bemerkte, und gab meinem Leben eine neue Richtung, indem ich den Kompaß meines Vaters, den mir die Mutter übergeben hatte, spielen ließ, ja, ich ließ alles stehen und liegen und schlüpfte in Schuhen aus Kamelhaar hinüber ins Nachbarhaus, wo ein Freund mit der Laubsäge Adolf Hitler aus Sperrholz schnitt. Er pfiff dazu durch seine Zahnlücken: Sitz grade, sitz grade, denn der Hauptmann hält Parade ... Ein feiner Freund, der einen Bleyle-Sweater trug und am Heiligen Abend mit seiner Mama Zigaretten rauchte. Er würde alles bekommen, was er sich wünschte.

Advent. Da kam es auf Geld an, da mußte man daran denken, wie wenig wir hatten, da kam man nicht drum herum. Die Frage nach der Gerechtigkeit. Irgendwann einmal hatte eine Verteilung stattgefunden, und viele waren zu kurz gekommen. Bald gab es ein neues Wort, das Winterhilfe hieß. Größere als ich klapperten am Wochenende auf den Bürgersteigen mit ihren Sammelbüchsen, daß es bloß so schallte, und verkauften buntlackierte, streichholzgroße Figuren, die sich mittels eines Fadens am Knopfloch befestigen ließen. Alte Leute erhielten dann edle Spenden. O bitterer Winter der Armut, sagte meine Mutter zu ihrem Sohn und stemmte ihn beidarmig hoch, um ihn auf den Ofen zu setzen. Bedenk nur, Junge, wie schön warm wir's haben.

Das Argument gutgeheizter Kachelöfen. Abends holten wir aus der Kälte des Schlafzimmers die Federbetten, um sie an den Kacheln zu wärmen. Am Schlafzimmerfenster wuchsen wie im Märchen die Eisblumen fast zentimeterdick. Wenn ich lange meine lebendige Hand drauf preßte, blieb ein Abdruck zurück, der schaurig wirkte. Eine Knochenhand. Angenehm aber war es jetzt, etwas Heißes zu essen und zu schlürfen. Sauerkraut aus dem eigenen Faß mit Speck und Grieben, direkt vom Feuer. Oder was meine Mutter tapfer einen Grog nannte, obwohl das Getränk zu neunundneunzig Prozent aus kochendem Wasser bestand. In der Schule hatten wir ein richtiges Thermometer und sprachen gelehrt von Kältegraden und dem schwedischen Genie Celsius.

Zu Hause wiederholte ich, was der Lehrer gemeint hatte. »Aus so krummem Holze, als woraus der Mensch gemacht ist, kann nichts Gerades gezimmert werden.« Das sollte der größte deutsche Philosoph gesagt haben. Ich blickte, das Kinn auf dem Fensterbrett, hinaus in den Advent. Jaja, der

Mensch. War er alt, tappte er vorsichtig über den spiegelglatten Boden. Und war er wie ich, fiel ihm nichts Bedeutendes ein. Höchstens, daß er aus dem frischgefallenen Schnee Schneebälle knetete und sie einer höheren Tochter in pelzbesetztem Kostüm oder Schottenrock, mit vom Frost rot angehauchten Backen, an den Kopf warf. Zierlich war so eines Mädchens Tritt im Schnee. Aber ich ließ mich nicht ablenken. Ach, das Warten des Menschen in dieser Jahreszeit! Worauf wartete zum Beispiel meine singende Mutter, die ich jetzt Herzeleide rief wie die Mutter Parzivals? Hatten wir mehr als eine blasse Ahnung? Mein Vater, mit einigen Soldaten neben einem Mörser kniend, auf der grauen Fotografie, er konnte nichts mehr dazu sagen.

Von so etwas sprach man auch nicht bei uns, sondern von Erfrierungen zweiten Grades, Wölfen in Polen, den Schlittenpartien über Land. In der Dunkelheit nickte meine Mutter ein, und ich öffnete leise die Klappe des Küchenofens, um mit Tränen in den Augen das lustige Feuer aus allernächster Nähe zu betrachten. Draußen spähte ich nach dem aus, was vom Feuer übriggeblieben war und säulengleich aus dem Schornstein stieg. Einige Blättchen Ruß fielen herab auf den windelweißen Schnee. Unbedingt, zum Winter gehörten diese Rauchsäulen. Lange stöberte ich in den Heften von »Schule und Elternhaus«, bis ich jene Bilder wiederfand, die von den Winterdingen handelten. Da stemmte sich ein hohlwangiger Mensch, den Schnappsack auf der Hüfte, mit flatterndem Schal gegen den Wind und sank tief ein. Da zogen Kinder ihre Schlitten an einem Schneemann vorbei. Ein Hund stand der Kälte wegen nur auf drei Beinen. Die Häuser hatten spitze Giebel, und über den Schneehauben der Dächer war er wieder, der Rauch.

Sonderbar, diese Bilder schienen mir einleuchtender als das, was ich draußen mit eigenen Augen gesehen hatte.

Und nun schneite es unaufhörlich. Nun strahlte dennoch die Stadtbeleuchtung mit einem Schlag heller. Zu zweit stiegen wir auf die Stühle, um den Adventskranz, der sacht nadelte, herunterzunehmen. Nun lief es mir heiß und kalt über den Rücken, wenn ich an dem Schrank vorüberging, der abgeschlossen war. Nun noch einmal warten bis zum Morgengrauen und die Augen zudrücken! Doch ich konnte nicht einschlafen. In meinem Gehirn rumorte es wie auf einem Taubenboden. Ich war uralt, ich hatte schon Erinnerungen, und meine Erinnerungen wirbelten durcheinander. Der Bär von Schneeweißchen und Rosenrot war unter ihnen, der am Feuer seinen Pelz auftaute, das Mädchen mit den schwedischen Streichhölzern, meine Kuchenbleche schleppende Mutter auf dem Weg zur Bäckerei und ihre große Hand, die mich führte, der Sternenhimmel, die Trompeter hinter der Turmbrüstung, der Karpfen, den man mit dem dicken Kopf gegen die Tischkante schlug, und der Geruch des Waldes in den Zimmern. Auf ein Klingelzeichen hin konnte sich dieser Duft morgen in einen wunderbaren Schrecken verwandeln. Mein Atem ging heftig... Ich ahnte nicht, daß ich einmal ohne Erregung daran zurückdenken würde, nach unaufdringlichen Worten suchend – wie einer, der weiß, daß er nichts Ungewöhnliches erlebt hat in solchen Tagen, in einem solchen Alter.

VOLKER KRIEGEL

*Der Weihnachtsmann und Olaf, der Elch

Am ersten Dezember waren die Ferien zu Ende. Nun galt es, die Weihnachtsvorbereitungen in Angriff zu nehmen. Täglich trafen Briefe mit Bestellungen ein. Auch das Fax-Gerät spuckte von früh bis spät lange Wunschlisten aus.

Olaf und der Weihnachtsmann hatten alle Hände voll zu tun, um die Aufträge zu sichten und zu sortieren. Hersteller und Fabrikanten mußten angerufen werden, Preise und Sonderangebote wollten verglichen sein. Die meisten Kinder wünschten sich ganz normale Spielsachen, manche auch ein Fahrrad oder einen Computer. Schwieriger zu bearbeiten waren die vielen Wünsche nach Haustieren. Hunde und Katzen ließen sich problemlos besorgen, wenn es aber um Papageien, Schlangen oder seltene Spinnen ging, mußten die beiden Freunde manchmal tagelang nach einem Lieferanten suchen, notfalls sogar im Internet.

Und dann gab es noch die unmöglichen Wünsche. Sie wurden in einem besonderen Ordner abgeheftet. Unglaublich, was Olaf und der Weihnachtsmann da manchmal lesen mußten. Ein Robert wünschte sich z. B. einen Roboter, der die Hausaufgaben erledigt. Ein Florian wünschte sich einen Flugzeugträger. Eine Louisa wünschte sich einen lebendigen Dinosaurier. Undsoweiter. – Der Ordner mit den unmöglichen Wünschen wurde immer dicker.

Schon vor Tagesanbruch hieß es aufstehen und Schnee schippen. Dann eine Tasse Kaffee, und ab ins Büro. An manchen Abenden waren Olaf und der Weihnachtsmann so erledigt, daß sie noch nicht einmal eine Runde Mau-Mau spielen konnten.

Eines Morgens machte Olaf eine böse Entdeckung. *Seine Schaufel war weg!* – Er hatte sie am Abend zuvor außen an die Hütte gelehnt, gleich rechts neben der Tür. *Und nun war die Schaufel verschwunden!* – Olaf durchsuchte fieberhaft das ganze Haus und die Scheune. Er suchte im Geräteschuppen und in der Garage. Dann fing er wieder von vorne an, und es dauerte eine ganze Weile, bis er es schließlich begriff: *Die Schaufel war weg.* –

Irgend jemand mußte sie nachts gestohlen haben. Vielleicht die Bären, vielleicht irgendwelche Touristen oder Souvenirjäger. Wer auch immer. Die Schaufel war jedenfalls weg. Und Olaf war traurig.

Er ging in seine Scheune, schloß die Tür, legte sich ins Bett und drehte sich zur Wand.

Weihnachten rückte immer näher. Im Büro häuften sich die Bestellungen, der Briefkasten quoll über, und es wurde höchste Zeit, in die Stadt zu fahren und die abschließenden Besorgungen zu erledigen.

Olaf lag stumm im Bett und rührte sich nicht. Der Weihnachtsmann versuchte seinen Freund zu trösten, so gut er nur konnte. Er brachte ihm Kakao, eingemachte Heidelbeeren und getrocknete Pilze ans Bett, er sprach auf ihn ein, er flehte, er schimpfte, er bettelte – umsonst. Olaf wollte nichts essen. Und er wollte nicht aufstehen.

Einen Tag vor Heiligabend fuhr der Weihnachtsmann schweren Herzens allein in die Stadt. Zuvor hatte er Olaf ein schönes Frühstück in die Scheune gebracht, hatte ihm noch einmal das Kopfkissen aufgeschüttelt und gute Besserung gewünscht. Mehr konnte er im Moment nicht tun.

Die Stadt war kaum wiederzuerkennen. In den Straßen herrschte ein Gewimmel, Gewusel und Gerempel wie in einem Ameisenhaufen. Hektisch und nervös schoben sich die Leute durch die Fußgängerzone und drängten in die überfüllten Kaufhäuser. Die Autofahrer hupten und fluchten, ständig kam es zu Auffahrunfällen und Streitereien. Und das alles wegen Weihnachten. – Irgendwas ist da schiefgelaufen, dachte der Weihnachtsmann.

Er fuhr zur Post, zum Zollamt und zu den Lagerhallen. Hunderte von Päckchen, Paketen, Säcken und Kisten mußten abgeholt und aufgeladen werden. Noch nie waren dem Weihnachtsmann die Postbeamten, die Zöllner und die Lagerarbeiter so mürrisch und unfreundlich vorgekommen.

Auch der schlimmste Tag geht einmal zu Ende. Es kam der Moment, in dem der Weihnachtsmann die allerletzte Bestellung abhakte. »Geschafft«, sagte er laut und klappte das Auftragsbuch zu. Hoffentlich kann Olaf morgen bei der großen Bescherungstour mitfahren, dachte er.

Der Weihnachtsmann stand im Feierabendverkehr und überlegte, warum die Ampeln an diesem Tag so endlos lang Rot zeigten. Da fiel sein Blick zufällig in das Schaufenster eines Trödelladens. »Nein«, sagte der Weihnachtsmann, »das darf doch nicht wahr sein!«

Er ließ den Lastwagen mitten auf der Straße stehen und eilte in das Geschäft.

»Sie wünschen?« sagte der Mann hinter der Theke.

Draußen hupten mehrere Autos wild durcheinander.

»Was kostet die Geweihschaufel im Fenster?« fragte der Weihnachtsmann.

»Hundert Kronen.«

»Ich nehme sie für fünfzig«, sagte der Weihnachtsmann.

Das Hupen wurde lauter.

»Achtzig.«

»Hören Sie mal, das ist schließlich nur ein halbes Geweih!« sagte der Weihnachtsmann mit erhobener Stimme, um den Lärm der Hupen zu übertönen.

»Siebzig«, sagte der Händler. »Das ist mein letztes Wort. Aber ich komme Ihnen entgegen. Ich gebe Ihnen dieses Glasauge dazu.«

Der Weihnachtsmann legte siebzig Kronen auf den Tisch, griff nach dem Glasauge und Olafs Geweih und verließ wortlos den Laden.

Die Ampel wechselte gerade wieder von Grün auf Rot. Der Weihnachtsmann ignorierte das wilde Gehupe und fuhr los.

Es war schon dunkel, als der Weihnachtsmann nach Hause kam. Sofort lief er in die Scheune.

Olaf lag im Bett.

»Halli hallo!« sagte der Weihnachtsmann. »Wie geht's? – Schau mal, ich hab dir was mitgebracht.«

Olaf wendete müde den Kopf.

»Wie siehst du denn aus?« fragte er.

Dann erst bemerkte er, was der Weihnachtsmann in den Händen hielt.

»Nein«, flüsterte Olaf, »das darf doch nicht wahr sein!«

Olaf sprang wie elektrisiert aus dem Bett und umarmte den Weihnachtsmann so heftig, daß der ein bißchen Angst um sein neues Glasauge bekam. »Das ist das schönste Weihnachtsgeschenk aller Zeiten«, rief Olaf. Dann holten sie die beste Flasche Rotwein aus dem Keller und kochten ein leckeres Pilzragout. Anschließend gab es Heidelbeerkompott.

Am Heiligen Abend, kurz vor Einbruch der Dämmerung, starteten Olaf und der Weihnachtsmann zur großen Bescherungstour.

»Ich freu mich schon jetzt drauf, wenn der ganze Rummel vorbei ist«, sagte der Weihnachtsmann. »Dann können wir endlich mal wieder ausschlafen.«

»Und wenn wir dann ausgeschlafen haben«, sagte Olaf, »dann können wir ja vielleicht mal Eishockey spielen. Wie findest du das?«

GERHARD POLT

Adveniat

A: Und – Sie haben sich selbst angezeigt?

B: Freilich – ich habe einen Adventskoller bekommen.

A: Oje ...

B: Ja, ich bin gleich zur Polizei, als ich erfahren hab, daß meine Kinder als falsche Sternsinger entlarvt wurden.

A: Die sind doch noch minderjährig, oder?

B: Eben. Sie haben sich als Sternsinger illegal – ohne Genehmigung einer kirchlichen Behörde – als solche verkleidet, haben die Leute durch Absingen von Adventsliedern sentimentalisiert und haben Geschenke angenommen. Aber die Polizei hat bei ihrer Verhaftung alles konfisziert.

A: Die ganze Beute?

B: Ja sicher: 14 Mandarinen, über ein halbes Pfund Nüsse, vier Blutorangen und Bargeld in Höhe von 14,32 DM.

A: Ui, ui, ui ...

B: Dann blieb mir aber auch nichts mehr anderes übrig, als mich selbst zu stellen.

A: Autodenunziation!

B: Richtig. Ich habe seit 17 Jahren illegal als Nikolaus ohne Steuernummer, ohne Betriebserlaubnis, TÜV et cetera und auch ohne Gesundheitskontrolle – bin nie zum Gesundheitsamt – mich als heiliger Mann ausgegeben. Sämtliche Einkünfte am Fiskus vorbei – Sie verstehen – und vor allem einen Krampus, also den schwarzen Mann, für mich arbeiten lassen – und somit Schwarzarbeit begünstigt. Ich hoffe aber auf eine Bewährungsstrafe, und sollte ich einsitzen müssen, wäre es mein innigster Wunsch, bis Weihnachten wieder daheim zu sein. Ich werde auch als Buße einen vollen Zentner Lebkuchen für einen karitativen Zweck spenden – ans Finanzamt.

A: Ans Finanzamt?

B: Wohin sonst?

A: Ich drücke Ihnen den Daumen. Und frohes Fest.

B: Ihnen auch. Vergelt's Gott.

Das Weihnachtsfest in Kindertagen

JOACHIM RINGELNATZ

Vorfreude auf Weihnachten

Ein Kind – von einem Schiefertafel-Schwämmchen
Umhüpft – rennt froh durch mein Gemüt.

Bald ist es Weihnacht! – Wenn der Christbaum blüht,
Dann blüht er Flämmchen.
Und Flämmchen heizen. Und die Wärme stimmt
Uns mild. – Es werden Lieder, Düfte fächeln. –

Wer nicht mehr Flämmchen hat, wem nur noch
    Fünkchen glimmt,
Wird dann noch gütig lächeln.

Wenn wir im Traume eines ewigen Traumes
Alle unfeindlich sind – einmal im Jahr! –
Uns alle Kinder fühlen eines Baumes.

Wie es sein soll, wie's allen einmal war.

WALTER BENJAMIN

Ein Weihnachtsengel

Mit den Tannenbäumen begann es. Eines Morgens, als wir zur Schule gingen, hafteten an den Straßenecken die grünen Siegel, die die Stadt wie ein großes Weihnachtspaket an hundert Ecken und Kanten zu sichern schienen. Dann barst sie eines schönen Tages und Spielzeug, Nüsse, Stroh und Baumschmuck quollen aus ihrem Innern: der Weihnachtsmarkt. Mit ihnen quoll noch etwas anderes hervor: die Armut. Wie Äpfel und Nüsse mit ein wenig Schaumgold neben dem Marzipan sich auf dem Weihnachtsteller zeigen durften, so auch die armen Leute mit Lametta und bunten Kerzen in den bessern Vierteln. Die Reichen schickten ihre Kinder vor, um jenen der Armen wollene Schäfchen abzukaufen oder Almosen auszuteilen, die sie selbst vor Scham nicht über ihre Hände brachten. Inzwischen stand bereits auf der Veranda der Baum, den meine Mutter insgeheim gekauft und über die Hintertreppe in die Wohnung hatte bringen lassen. Und wunderbarer als alles, was das Kerzenlicht ihm gab, war, wie das nahe Fest sich mit jedem Tage dichter in seine Zweige verspann. In den Höfen begannen die Leierkasten die letzte Frist mit Chorälen zu dehnen. Endlich war sie dennoch verstrichen und einer jener Tage wieder da, an deren frühesten ich mich hier erinnere.

In meinem Zimmer wartete ich, bis es sechs werden wollte. Kein Fest des späteren Lebens kennt diese Stunde, die wie ein Pfeil im Herzen des Tages zittert. Es war schon dunkel, trotzdem entzündete ich nicht die Lampe, um den

Blick nicht von den Fenstern überm Hof zu wenden, hinter denen nun die ersten Kerzen zu sehen waren. Es war von allen Augenblicken, die das Dasein des Weihnachtsbaumes hat, der bänglichste, in dem er Nadeln und Geäst dem Dunkel opfert, um nichts zu sein als ein unnahbares, doch nahes Sternbild im trüben Fenster einer Hinterwohnung. Und wie ein solches Sternbild hin und wieder eins der verlassnen Fenster begnadete, indessen viele weiter dunkel blieben und andere, noch trauriger, im Gaslicht der frühen Abende verkümmerten, schien mir, dass diese weihnachtlichen Fenster die Einsamkeit, das Alter und das Darben – all das, wovon die armen Leute schwiegen – in sich fassten. Dann fiel mir wieder die Bescherung ein, die meine Eltern eben rüsteten. Kaum aber hatte ich so schweren Herzens wie nur die Nähe eines sichern Glücks es macht, mich von dem Fenster abgewandt, so spürte ich eine fremde Gegenwart im Raum. Es war nichts als ein Wind, so dass die Worte, die sich auf meinen Lippen bildeten, wie Falten waren, die ein träges Segel plötzlich vor einer frischen Brise wirft: »Alle Jahre wieder / kommt das Christuskind / auf die Erde nieder / wo wir Menschen sind« – mit diesen Worten hatte sich der Engel, der in ihnen begonnen hatte, sich zu bilden, auch verflüchtigt. Nicht mehr lange blieb ich im leeren Zimmer. Man rief mich in das gegenüberliegende, in dem der Baum nun in die Glorie eingegangen war, welche ihn mir entfremdete, bis er, des Untersatzes beraubt, im Schnee verschüttet oder im Regen glänzend, das Fest da endete, wo es ein Leierkasten begonnen hatte.

MARTIN GREIF

Weihnachtsbaum

Als einst ich in der Kindheit Traum
Hinaufgeblickt zum Weihnachtsbaum,
Da schien jed' Lichtlein mir so fern,
Wie in der Höh' ein goldner Stern.

Und da ich jüngst in öder Nacht
An jenen Traum zurückgedacht,
Da flimmerte voll Herrlichkeit
Mein Christbaum wirklich sternenweit.

FRITZ HABECK

Die Frage nach dem Christkind

Der Mann kam nach Hause, setzte sich an den Tisch und las die Zeitung. Die Frau strickte, der Junge hockte auf dem Boden und spielte mit einem kleinen Auto. Draußen war es dunkel, der Regen schlug gegen die Fensterscheibe, und alle fünf Minuten donnerte ein Stadtbahnzug vorüber. Drinnen war es warm, das Licht der Lampe strahlte angenehm gelb und weich. Auf dem Ofen stand ein Teekessel und summte.

Der Mann legte die Zeitung weg, betrachtete den Jungen eine Weile und fragte: »Hast du deinen Brief an das Christkind geschrieben?«

Der Junge hielt sein Auto fest und sah auf. »Nein«, sagte er.

»Warum denn nicht?«

Ein Achselzucken, aber keine Antwort. »Willst du nicht, daß dir das Christkind etwas bringt?«

Lange Pause. Dann senkte der Junge wieder den Blick, schob das Auto ein wenig hin und her, ohne es aus der Hand zu lassen. »Es gibt ja gar kein Christkind«, meinte er endlich.

Die Frau hörte auf zu stricken, der Mann beugte sich vor. »Es gibt gar keins? Woher weißt du denn das?«

»Der Krisch hat es mir gesagt!«

»So. Der Krisch!«

»Und die Fanny auch!«

»Die Fanny auch. Na, und glaubst du, daß die zwei recht haben?«

Der Junge schaute nicht auf, er klammerte sich an sein Auto und starrte auf den Boden.

»Ja«, flüsterte er.

»Und woher kommen dann die Spielsachen zu Weihnachten, wenn es kein Christkind gibt?«

»Die kaufen die Eltern!«

»Und warum tun die Eltern das?«

Nun hob der Junge den Kopf und sah den Vater verständnislos an. »Was?« fragte er.

»Warum kaufen die Eltern den Kindern zu Weihnachten Spielsachen?«

Der Junge rührte sich nicht.

»Müssen sie denn was kaufen?«

Keine Antwort. Der Vater stand auf, setzte sich neben den kleinen Jungen auf den Boden und nahm das kleine Auto in die Hand. »Das ist vom vorigen Jahr. Das Christkind hat es dir gebracht. Und jetzt gibt es also kein Christkind. Der Krisch hat es gesagt. Und die Fanny hat es auch gesagt. Weißt du, wer das Christkind eigentlich ist?«

»Nein!«

»Weißt du, wie es heißt?«

»Christkind!«

»Nein. Du kennst doch die Geschichte, wie es geboren worden ist. Mit der Krippe und den Hirten und den drei Königen aus dem Morgenland?«

»Ja!«

»Und was später mit dem kleinen Kind geschehen ist?«

»Nein!«

»Hast du nie etwas von dem Mann auf dem Kreuz gehört? Jesus von Nazareth?«

»Das schon!«

»Das ist das Christkind. Der Jesus. Und er ist auch der Liebe Gott. Das Christkind ist der Liebe Gott. Hast du das noch nicht gewußt?«

»Nein!«

Der Mann lächelte. »Du glaubst wahrscheinlich, daß der Liebe Gott auf einer Wolke sitzt und einen langen weißen Bart hat. Nein, Söhnchen. Der Liebe Gott ist ein Kind. Du kannst mit dem Lieben Gott so reden wie mit einem Kind. Aber er ist kein Mensch, er ist ein Geist, und Geister kann man nicht sehen. Das weißt du doch?«

»Geister kann man nicht sehen. Nein!«

»Eben. Deswegen kann man auch das Christkind nicht sehen. Und das Christkind kann auch nichts einkaufen und nichts tragen, weil es ja keine Arme hat, und nicht sprechen kann und unsichtbar ist. Und drum kann es auch der Krisch nicht sehen und die Fanny auch nicht. Und deswegen glauben sie, daß es kein Christkind gibt. Aber glaub' mir: Es gibt das Christkind!«

Der Junge starrte und rührte sich nicht. Die Mutter begann wieder zu stricken. Ein Stadtbahnzug fuhr vorüber.

»Das Christkind ist der Liebe Gott und ist ein kleines Kind und hat die Kinder sehr gern, und es will, daß sich alle Kinder untereinander gern haben. Es spricht auch zu den Menschen, nur hört man es nicht laut, sondern in sich drinnen. Und einmal im Jahr, zu seinem Geburtstag, da spricht es mit den Eltern und bittet sie, daß sie den Kindern etwas schenken sollen, weil es das selber ja nicht tun kann. Und die Eltern hören das Christkind und gehen hin und kaufen Spielsachen. Und dann schmücken sie den Baum und legen die Geschenke darunter und läuten mit einer Glocke. Das alles machen die Eltern. Aber schuld daran, daß die Kinder etwas kriegen, ist doch das Christkind. Auch wenn man es nicht sehen kann!«

»Aber wenn man es nicht sehen kann –«

»Man spürt es. Man spürt es immer, wenn man zu einem Menschen gut ist und ihn gern hat. Wenn man auf jemanden böse ist, dann weint das Christkind. Wenn du gut zu jemandem bist, dann freut es sich, und das spürst du genau. Und fromm sein heißt auch nichts anderes, als die Menschen gern haben und ihnen Gutes tun. Denn wenn du sie lieb hast, dann machst du genau, was das Christkind will!«

»Und das Beten?«

»Beten tust du, wenn du mit dem Christkind sprichst. Das Vaterunser auswendig lernen, das kann man bald. Aber denk immer daran, daß der Liebe Gott ein Kind ist, mit dem du sprechen kannst und das sich nicht so sehr freut, wenn man ihm jeden Tag nur dasselbe Verschen sagt. Rede jeden Tag mit ihm, erzähle ihm, was du den Tag über gemacht hast. Danke ihm, wenn der Tag schön war, und denke nach, ob du alles gut gemacht hast. Und versprich dem Christkind, daß du es immer besser machen wirst. Das ist gebetet. Und gut sein, damit sich das Christkind freut, das ist fromm!«

Der Junge schüttelte den Kopf. »Und wenn ich den Brief schreibe? Das Christkind kann ihn doch nicht lesen!«

»Wir werden ihn lesen, und das Christkind liest mit uns. Also, setz dich hin und schreib deinen Zettel!«

Der Vater stand auf, der Junge lief aus dem Zimmer, um Papier und Bleistift zu holen.

»Heute fragte er nach dem Christkind«, sagte die Mutter. »In acht Jahren wird er nach Gott fragen!«

»Dann werde ich ihm dasselbe sagen!« Er setzte sich wieder, griff nach einem Buch und begann zu lesen. Die Frau strickte, der Junge malte langsam seine Blockbuchstaben. Es war Abend, und draußen regnete es, und die Stadtbahnzüge fuhren vorbei, und Weihnachten stand vor der Tür und ein neues Jahr. Und dahinter warteten viele andere Jahre, leichte Jahre und schwere Jahre, in denen es immer wieder Kinder geben würde, die eines Tages sagen: »Der Krisch hat es mir erklärt – es gibt gar kein Christkind!«

Und es wird immer schwierig sein, darauf eine Antwort zu geben, weil für die Menschen eben nur die Spielsachen sichtbar sind, nicht die Liebe.

HELGE SOBIK

*Hoch oben beim Weihnachtsmann

Der abgelegene Flughafen der Lappland-Hauptstadt Rovaniemi hoch oben auf der Nordhalbkugel hat Jets aus aller Herren Länder gesehen. Die Piste ist lang genug für nahezu alle gängigen Flugzeugtypen – und sie ist von unten beheizt. 37 000 Einwohner zählt Rovaniemi, 470 000 Bände besitzt die städtische Leihbücherei, die Arbeitslosenquote liegt bei über fünfzehn Prozent, die Selbstmordrate der Region ist die höchste Finnlands, und ausgerechnet dieser Flughafen am Polarkreis ist der mit der zweithöchsten Passagierzahl des Landes. An letzterem ist der Weihnachtsmann alles andere als unschuldig.

In den Monaten Dezember und Januar nehmen etwa hundert Charterjets zusätzlich zu den Linienmaschinen Kurs auf die Runway in Lappland. An Bord: Weihnachtsmannbesucher. Tagesflüge zum Weihnachtsmann haben selbst bei einigen deutschen Anbietern Tradition. Und stellt sich der Veranstalter gut mit »Mr. Christmas«, kommt der betagte Herr persönlich an der Flugzeugtür vorgefahren – oder mindestens sein Doppelgänger, während der Echte rund fünf Kilometer vom Airport entfernt auf seinem mit rotem Samt bezogenen Sessel thront und in erwartungsvolle Kinderaugen lächelt.

Rund ums Jahr residiert er in seinem Santa Claus Office in Joulupukin Pajakylä, dem »Dorf des Weihnachtsmanns« bei Rovaniemi, und begrüßt dort Kinder jeden Alters. Kurz vor Heiligabend herrscht Hochbetrieb in seiner Heimat am Polarkreis. Sechs Stunden lang sitzt er da jeden Tag auf seinem Thron, schüttelt Hände im Dutzend, nimmt Kinder auf den Schoß, hat für jedes ein paar freundliche Worte parat, verschenkt Pfefferkuchen, hört sich Gedichte und Ständchen an, lobt jeden noch so verhängnisvoll gereimten Vers, klatscht freundlich Beifall und scherzt beizeiten sogar mit seinen Besuchern aus aller Welt. Dem Mann mit Pelzmütze und weißem Rauschebart, mit rotem Mantel und schweren gefütterten Stiefeln scheint der Hochbetrieb Spaß zu machen. Hinter seiner silbernen Nickelbrille blitzen muntere blaue Augen. Damit es dem alten Herrn, der etwa 1,95 Meter groß und gute 150 Kilo schwer sein dürfte, nicht allzu warm wird, rattert neben seinem Thron am Kamin ein verzweifelter Plastikventilator im Dauereinsatz. Kerzenflammen wehren sich flackernd auf dem Kaminsims gegen den frischen Luftzug. Aus einem Kassettenrekorder schallt leise Weihnachtsmusik: Jingle Bells, O Tannenbaum, dazu Schellen- und Glöckchenklänge in Endlosschleife. Ein multinationales Programm. So abwechslungsreich wie zwei Modern-Talking-CDs. Und trotzdem stimmungsvoll. Die Umgebung ist schuld daran.

Kaum eine Gegend wäre als Heimat des Weihnachtsmanns glaubwürdiger, kaum irgendwo würde er besser hineinpassen. Und kaum irgendwo sonst würde es Kindern und selbst Erwachsenen leichter fallen, an den Weihnachtsmann zu glauben als hier im arktischen Norden Finnlands: tiefverschneite Wälder und Straßen, rosarotblauer Himmel, Schlitten auf schmalen Pfaden, Rentiere am Wegesrand, knackige Kälte.

An den Weihnachtsmann adressierte Kinderpost aus aller Welt wird bereits seit den fünfziger Jahren an die Adresse Santa Claus, Joulupukin Pääposti in FIN-96930 Napapiiri geschickt, an das letzte Postamt diesseits des Polarsterns – über 250 000 Briefe jedes Jahr. Das Luftpostaufkommen auf Rovaniemi-Airport steigt im Dezember immens an. Fleißige Helfer beantworten Bittbriefe und Wunschzettel aus aller Welt, die der Chef anschließend per Kugelschreiber mit schwungvollem »Santa Claus«-Schriftzug signiert. Die meisten sind von Kindern – so wie der von Mareike, neun Jahre alt, aus Leipzig: »Heiligabend kommt bei uns der Weihnachtsmann an die Tür. Aber der ist immer falsch und nur verkleidet. Bitte komm' dieses Jahr selbst. Danke. Deine Mareike.« Rechtzeitig zum Fest werden die Antworten mit Sondermarke und -stempel auf den Weg gebracht.

Weil immer mehr Menschen den alten Herrn mit Rauschebart persönlich erleben und sich so selbst einen Traum erfüllen wollten, blieb es nicht beim bloßen Briefe Beantworten. Santa Claus selbst hält seit bald zwei Jahrzehnten feste Sprechzeiten ein und lässt sich bereitwillig mit seinen Besuchern, umgeben von einem Berg aus bunt verpackten, übereinander gestapelten leeren Kartons, unterm Tannenbaum fotografieren. Wer keine eigene Kamera hat, kann das Erinnerungsfoto von einem der Weihnachtsmanngehilfen schießen lassen – für rund acht Euro. Wer es sich auf ein T-Shirt reproduzieren lassen will, zahlt zwanzig Euro Aufpreis und muss ein paar Minuten warten.

Schüchterne Kinder tasten sich langsam nach vorn, bis er ihnen Mut macht, sich auf seinen Schoß zu setzen. Freche Teens übergeben resolut ihre Wunschzettel – oft mit ausgeschnittenen und aufgeklebten Bildern aus Versandhauskatalogen. Am häufigsten dabei: Computerspiele, Puppen, Autorennbahnen. Ponys sind nur deshalb seltener, weil sie nicht in Versandhauskatalogen zu finden sind. Auf den gezeichneten Weihnachtswunschzetteln von Mädchen sind sie es, die eine Spitzenposition einnehmen.

Eine Truppe kichernder alter Damen stürmt nach vorn und sammelt sich zum Gruppenbild. Brillen und Pelzmützen verrutschen vor Aufregung. Familien aus Estland sagen nicht ohne Ehrfurcht vor Santa Claus Gedichte auf, Finnen singen Lieder, Japaner knien kurz andächtig vor ihm nieder, springen anschließend wieder aufgeregt durcheinander. Eine etwa dreißigjährige Russin weint. Immer habe sie fest geglaubt, es gäbe den Weihnachtsmann. Jetzt endlich dürfe sie reisen und ihm persönlich begegnen. Und endlich könne sie ihren skeptischen Mann widerlegen, denn der hatte behauptet, das mit dem Weihnachtsmann sei alles Quatsch, sei Kinderkram und stimme sowieso nicht.

Dem Rauschebartriesen macht der Trubel sichtlich Spaß. Keine Spur von Ermüdungserscheinungen – auch nicht knapp vor Heiligabend. »Weihnachtsmann, wie viele Sprachen sprichst du?«, fragt ein Kind. »Am Heiligen Abend alle Sprachen der Welt«, antwortet er und zwinkert herüber.

HERMANN HESSE

In Weihnachtszeiten

In Weihnachtszeiten reis' ich gern
Und bin dem Kinderjubel fern
Und geh in Wald und Schnee allein.
Und manchmal, doch nicht jedes Jahr,
Trifft meine gute Stunde ein,
Daß ich von allem, was da war,
Auf einem Augenblick gesunde
Und irgendwo im Wald für eine Stunde
Der Kindheit Duft erfühle tief im Sinn
Und wieder Knabe bin …

RAINER MARIA RILKE

*Brief an die Mutter

Schloss Berg am Irchel, Kanton Zürich, Schweiz, am 17. Dezember 1920

Meine liebe Mama,

wieder zu unserer gesegneten Stunde das liebevollste Gedächtnis vergangenster Weihnachts-Tage und der Wunsch, es möchten Dir nun, nach so böser Zeit, mit jedem Jahr stillere Feste, friedlichere, und endlich auch wieder solche in einem kleinen, wirklich eigenen Heim vergönnt sein!

Da dies ausgesprochen ist, ist eigentlich alles ausgesprochen, denn nun heißts nicht *lesen*, sondern *in-sich-gehen* und der heiligsten Feierstunde des Jahres die Krippe im eigenen Herzen bereiten, dass sie drin, und der Heiland in ihr, recht innig wieder zur Welt kommen möge!

Was ich Dir wünsche, liebe Mama, ist, dass an diesem weihevollen Abend das Erinnern aller Not, ja das Bewusstsein der nahen Sorge und Unsicherheit des Daseins ganz aufgehalten und gewissermaßen aufgelöst sein möchte in jenem innersten Wissen um die Gnade, der ja keine Zeit zu dicht im Verhängnis und keine Bangheit so verschlossen ist, dass sie nicht zu *ihrer* Zeit – die *nicht* die unsrige ist! – einzutreten und das scheinbar Unüberwindliche mit ihrem milden Sieg zu durchdringen wüsste. Es gibt keinen Moment im langen Jahre, wo man sich ihre immerfort mögliche Erscheinung und dann Allgegenwärtigkeit so lebhaft ins Gemüt zu rufen vermöchte, wie diese über die Jahrhunderte hin unabhängige Winternacht, die durch die unvergleichliche Hinzukunft jenes alle Wesen umwandelnden Kindes die Summe aller übrigen Erdennächte an Wert mit einem Schlag überwog und übertraf. Mag der leichte Sommer, wo das Dasein um ein Beträchtliches erträglicher und mühloser scheint, wo wir nicht so unmittelbarer Anfeindung aus der Luft und aus der heiter beschäftigten Natur uns zu erwehren haben –, mag der glücklichere Sommer uns mit Tröstungen verwöhnen, – was sind sie alle gegen die unermesslichen Trostschätze dieser außen unscheinbaren, ja armen Nacht, die nach innen zu plötzlich offen steht wie ein Alle umfassendes und wärmendes Herz und die wirklich mit Schlägen ihres glockentönigen Herzens antwortet auf unser Hinein-Horchen in den innersten Gewahrsam!

Alle Verkündigungen der Vor-Zeit reichten nicht hin, *diese* Nacht anzusagen, alle Hymnen, die zu ihrem Preise gesungen worden sind, reichten nicht an die Stille und Spannung heran, in der Hirten und Könige niederknieten –, so wie ja auch wir, keiner von uns, je imstande gewesen ist, während diese Wunder-Nacht ihm geschieht, die Maße seines Erlebens anzugeben.

Es ist so recht das Mysterium von dem knienden, von dem tief knienden Menschen: dass er größer sei, seiner geistigen Natur nach, als der stehende! welches in der Nacht gefeiert wird. Der Kniende, der sich ganz ans Knien gibt, verliert allerdings das Maß seiner Umgebung, selbst aufschauend, wüsste er nicht mehr zu sagen, was groß und was klein ist. Aber ob er gleich in seiner Abgebogenheit kaum die Höhe eines Kindes hat, so ist er, dieser Kniende, doch nicht klein zu nennen. Mit ihm verschiebt sich die Skala, denn er, indem er der eigentümlichen Schwere und Kraft in seinen Knien folgt, und die Stellung einnimmt, die sich zu ihnen hinbezieht, gehört bereits zu jener Welt, in der Höhe – Tiefe ist, – und wenn schon Höhe unserem Blick und unseren Apparaten un-ermesslich bleibt –: wer ermäße die Tiefe?

Dieses aber ist die Nacht der aufgetanen strahlenden Tiefe –: möge sie Dir, liebe Mama, geweiht und gesegnet sein. Amen.

Für die Sechs-Uhr-Stunde der Weihnacht 1920.

René

Was damals geschah ...

CONRAD FERDINAND MEYER

Weihnacht

O heiligste der Nächte,
In der Gott niederstieg,
In der er hat beendigt
Jedweden Streit und Krieg, –
Am Himmel standen Sterne
Und zeigten auf ein Haus,
Da gingen zu der Stunde
Die Engel ein und aus.

Und in geringer Krippe
Lag da das edle Kind,
Durch welches gläub'ge Menschen
Vom Tod errettet sind.
Es freut sich an dem Knaben
Der Hirten Lustgeschrei,
Wir kennen unsern Heiland
Und beten an dabei!

Horch, hörest du die Lieder?
Das sind die Engelchöre,
Die ich in Weihnachtslüften
Aus Himmelstiefen höre.
Ich hör' es silbertönig
Mit Kinderstimmen schallen:
»Friede« ertönt's, »auf Erden
Und an den Menschen Wohlgefallen!«

O lichte, warme Strahlen
In kalter Winternacht!
Es wird uns aus dem Himmel
Das Himmelskind gebracht.
Es freuen sich die Hirten
Am himmlischen Geschenk
Und bleiben seiner Ankunft
Im Herzen eingedenk!

PETER HANDKE

Lebensbeschreibung

> Was nützt es dem Menschen,
> Wenn er an der Seele gewinnt,
> an der Welt aber Schaden leidet?

Gott erblickte das Licht der Welt in der Nacht vom vierundzwanzigsten zum fünfundzwanzigsten Dezember.

Die Mutter Gottes wickelte Gott in Windeln. Auf einem Esel flüchtete er sodann nach Ägypten. Als seine Taten verjährt waren, kehrte er in sein Geburtsland zurück, weil er fand, daß dort der Ort sei, an welchem ein jeder am besten gedeihen könnte. Er wuchs auf im stillen und nahm zu an Alter und Wohlgefallen. Es litt ihn in der Welt. Er wurde die Freude seiner Eltern, die alles daransetzten, aus ihm einen ordentlichen Menschen zu machen.

So erlernte er nach einer kurzen Schulzeit das Zimmermannshandwerk. Dann, als seine Zeit gekommen war, legte er, sehr zum Verdruß seines Vaters, die Hände in den Schoß.

Er trat aus der Verborgenheit. Es hielt ihn nicht mehr in Nazareth. Er brach auf und verkündete, daß das Reich Gottes nahe sei.

Er wirkte auch Wunder.

Er sorgte für Unterhaltung bei Hochzeiten. Er trieb Teufel aus. Einen Schweinezüchter brachte er auf solche Art um sein Eigentum. In Jerusalem verhinderte er eines Tages im Tempel den geregelten Geldverkehr. Ohne das Versammlungsverbot zu beachten, sprach er oft unter freiem

Himmel. Aus der Langeweile der Massen gewann er einigen Zulauf. Indes predigte er meist tauben Ohren.

Wie später die Anklage sagte, versuchte er das Volk gegen die Obrigkeit aufzuwiegeln, indem er ihm vorspiegelte, er sei der ersehnte Erlöser. Anderseits war Gott kein Unmensch. Er tat keiner Fliege etwas zuleide. Niemandem vermochte er auch nur ein Haar zu krümmen.

Er war nicht menschenscheu. Unbeschadet seines ein wenig großsprecherischen Wesens war er im Grunde harmlos.

Immerhin hielten einige Gott für besser als garnichts. Die meisten jedoch erachteten ihn für so gut wie nichts.

Deshalb wurde ihm ein kurzer Prozeß gemacht. Er hatte zu seiner Verteidigung wenig vorzubringen. Wenn er sprach, sprach er nicht zur Sache. Im übrigen blieb er bei seiner Aussage, daß er der sei, der er sei. Meist aber schwieg er.

Am Karfreitag des Jahres dreißig oder neununddreißig nach der Zeitwende wurde er, in einem nicht ganz einwandfreien Verfahren, ans Kreuz gehenkt.

Er sagte noch sieben Worte.

Um drei Uhr am Nachmittag, bei sonnigem Wetter, gab er den Geist auf.

Zur gleichen Zeit wurde in Jerusalem ein Erdbeben von mittlerer Stärke verzeichnet. Es ereigneten sich geringe Sachschäden.

KLABUND

Weihnachtslegende

Ich bin durch Winter und Wald gegangen,
Eia Maria,
Ich bin durch den Winterwald gegangen,
Sah alle Tannen voll Sternen hangen,
Engel standen im Schnee und sangen,
Eia Maria.

Auf einer Lichtung im weißweißen Wald,
Eia Maria,
Erschien deine gebenedeite Gestalt,
Deine Augen strahlten solche Gewalt,
Dass ich mich zitternd am Baum gekrallt,
Eia Maria.

Du trugst auf deinen Armen lind,
Eia Maria,
Das himmlische, das irdische Kind,
Und dein Gefolge war Schnee und Wind,
Reh, Wiesel und Maulwurf blind,
Eia Maria.

Du zeigtest den Tieren deinen Sohn,
Eia Maria,
Die Menschen haben für ihn nur Hohn –
Da neigten sich Hirsch und Hase schon,
Der Wind wehte sanft, der Schnee fiel wie Mohn,
Eia Maria.

Du stiegest empor durch Tann und Farr,
Eia Maria.
Da beugten die Bäume sich mit Geknarr,
Da neigten die Felsen sich felsicht und starr,
Und da kamen auch Menschen – ein Kind und ein Narr –
Eia Maria.

WOLFGANG BORCHERT

Die drei dunklen Könige

Er tappte durch die dunkle Vorstadt. Die Häuser standen abgebrochen gegen den Himmel. Der Mond fehlte und das Pflaster war erschrocken über den späten Schritt. Dann fand er eine alte Planke. Da trat er mit dem Fuß gegen, bis eine Latte morsch aufseufzte und losbrach. Das Holz roch mürbe und süß. Durch die dunkle Vorstadt tappte er zurück. Sterne waren nicht da.

Als er die Tür aufmachte (sie weinte dabei, die Tür), sahen ihm die blassblauen Augen seiner Frau entgegen. Sie kamen aus einem müden Gesicht. Ihr Atem hing weiß im Zimmer, so kalt war es. Er beugte sein knochiges Knie und brach das Holz. Das Holz seufzte. Dann roch es mürbe und süß ringsum. Er hielt sich ein Stück davon unter die Nase. Riecht beinahe wie Kuchen, lachte er leise. Nicht, sagten die Augen der Frau, nicht lachen. Er schläft.

Der Mann legte das süße mürbe Holz in den kleinen Blechofen. Da glomm es auf und warf eine Handvoll warmes Licht durch das Zimmer. Die fiel hell auf ein winziges rundes Gesicht und blieb einen Augenblick. Das Gesicht war erst eine Stunde alt, aber es hatte schon alles, was dazugehört: Ohren, Nase, Mund und Augen. Die Augen mussten groß sein, das konnte man sehen, obgleich sie zu waren. Aber der Mund war offen und es pustete leise daraus. Nase und Ohren waren rot. Er lebt, dachte die Mutter. Und das kleine Gesicht schlief.

Da sind noch Haferflocken, sagte der Mann. Ja, antwortete die Frau, das ist gut. Es ist kalt. Der Mann nahm noch von dem süßen weichen Holz. Nun hat sie ihr Kind gekriegt und muss frieren, dachte er. Aber er hatte keinen, dem er dafür die Fäuste ins Gesicht schlagen konnte. Als er die Ofentür aufmachte, fiel wieder eine Handvoll Licht über das schlafende Gesicht. Die Frau sagte leise: Kuck, wie ein Heiligenschein, siehst du? Heiligenschein! dachte er und er hatte keinen, dem er die Fäuste ins Gesicht schlagen konnte.

Dann waren welche an der Tür. Wir sahen das Licht, sagten sie, vom Fenster. Wir wollen uns zehn Minuten hinsetzen.

Aber wir haben ein Kind, sagte der Mann zu ihnen. Da sagten sie nichts weiter, aber sie kamen doch ins Zimmer, stießen Nebel aus den Nasen und hoben die Füße hoch. Wir sind ganz leise, flüsterten sie und hoben die Füße hoch. Dann fiel das Licht auf sie.

Drei waren es. In drei alten Uniformen. Einer hatte einen Pappkarton, einer einen Sack. Und der dritte hatte keine Hände. Erfroren, sagte er, und hielt die Stümpfe hoch. Dann drehte er dem Mann die Manteltasche hin. Tabak war darin und dünnes Papier. Sie drehten Zigaretten. Aber die Frau sagte: Nicht, das Kind.

Da gingen die vier vor die Tür und ihre Zigaretten waren vier Punkte in der Nacht. Der eine hatte dicke umwickelte Füße. Er nahm ein Stück Holz aus seinem Sack. Ein Esel, sagte er, ich habe sieben Monate daran geschnitzt. Für das Kind. Das sagte er und gab es dem Mann. Was ist mit den Füßen? fragte der Mann. Wasser, sagte der Eselschnitzer, vom Hunger. Und der andere, der dritte? fragte der Mann und befühlte im Dunkeln den Esel. Der dritte zitterte in seiner Uniform: Oh, nichts, wisperte er, das sind nur die

Nerven. Man hat eben zu viel Angst gehabt. Dann traten sie die Zigaretten aus und gingen wieder hinein.

Sie hoben die Füße hoch und sahen auf das kleine schlafende Gesicht. Der Zitternde nahm aus seinem Pappkarton zwei gelbe Bonbons und sagte dazu: Für die Frau sind die.

Die Frau machte die blassen blauen Augen weit auf, als sie die drei Dunklen über das Kind gebeugt sah. Sie fürchtete sich. Aber da stemmte das Kind seine Beine gegen ihre Brust und schrie so kräftig, dass die drei Dunklen die Füße aufhoben und zur Tür schlichen. Hier nickten sie nochmal, dann stiegen sie in die Nacht hinein.

Der Mann sah ihnen nach. Sonderbare Heilige, sagte er zu seiner Frau. Dann machte er die Tür zu. Schöne Heilige sind das, brummte er und sah nach den Haferflocken. Aber er hatte kein Gesicht für seine Fäuste.

Aber das Kind hat geschrien, flüsterte die Frau, ganz stark hat es geschrien. Da sind sie gegangen. Kuck mal, wie lebendig es ist, sagte sie stolz. Das Gesicht machte den Mund auf und schrie.

Weint er? fragte der Mann.

Nein, ich glaube, er lacht, antwortete die Frau.

Beinahe wie Kuchen, sagte der Mann und roch an dem Holz, wie Kuchen. Ganz süß.

Heute ist ja auch Weihnachten, sagte die Frau.

Ja, Weihnachten, brummte er und vom Ofen her fiel eine Handvoll Licht hell auf das kleine schlafende Gesicht.

HEINRICH BÖLL

Die Kunde von Bethlehem

Die Tür war keine richtige Tür: sie war lose aus Brettern zusammengenagelt, und eine Drahtschlaufe, die über einen Nagel gezogen war, hielt sie am Pfosten fest. Der Mann blieb stehen und wartete: »Es ist doch eine Schande«, dachte er, »daß eine Frau hier ihr Kind kriegen muß.« Er nahm die Drahtschlaufe vorsichtig vom Nagel, stieß die Tür auf und erschrak: er sah das Kind im Stroh liegen, die sehr junge Mutter hockte daneben, lächelte das Kind an ... hinten an der Wand stand einer, den der Mann nicht richtig anzusehen wagte: das könnte einer von denen sein, die die Hirten für Engel gehalten hatten. Der dort an der Wand lehnte, hatte einen mausgrauen Kittel an und hielt in beiden Händen Blumen: schlanke, gelbliche Lilien waren es. Der Mann spürte die Furcht in sich aufkommen und dachte: »Vielleicht stimmen doch die tollen Dinge, die die Hirten in der Stadt erzählt haben.«

Die junge Frau blickte jetzt auf, sah ihn freundlich und fragend an, und der junge Mann sagte leise: »Wohnt hier der Tischler?«

Die junge Frau schüttelte den Kopf: »Tischler ist er nicht – er ist Zimmermann.«

»Das macht ja nichts«, sagte der Mann, »eine Tür wird er ja reparieren können, wenn er Werkzeug mithat.«

»Er hat Werkzeug mit«, sagte Maria, »und Türen reparieren kann er. Das hat er in Nazareth auch gemacht.«

Sie waren also wirklich aus Nazareth.

Der mit den Blumen in der Hand sah jetzt den Mann an

und sagte: »Du brauchst dich nicht zu fürchten.« Seine Stimme klang so schön, daß der Mann wieder erschrak, aber er blickte auf: der Mausgraue sah sehr freundlich, aber auch traurig aus.

»Er meint Joseph«, sagte die junge Frau, »ich will ihn wecken. Soll er die Tür reparieren?«

»Ja, in der Herberge zum ›Roten Mann‹, nur den Falz ein bißchen aushobeln und das Futter nachsehen. Die Tür klemmt so. Ich warte draußen, wenn du ihn holen willst.«

»Du kannst ruhig hier warten«, sagte die junge Frau.

»Nein, ich will lieber draußen warten.« Er sah flüchtig zu dem Mausgrauen hinüber, der ihm lächelnd zunickte, ging dann rückwärts hinaus und schloß die Tür vorsichtig, indem er die Drahtschlaufe über den Nagel zog. Männer mit Blumen waren ihm immer komisch vorgekommen, aber der Mausgraue sah nicht wie ein Mann aus, auch nicht wie eine Frau, und komisch war er ihm gar nicht vorgekommen.

Als Joseph mit der Werkzeugkiste herauskam, nahm er ihn beim Arm und sagte: »Komm, wir müssen links herum.« Sie gingen links herum, und jetzt fand der Mann endlich den Mut, das zu sagen, was er der jungen Frau schon hatte sagen wollen, aber er hatte sich gefürchtet, weil der mit den Blumen dabeistand. »Die Hirten«, sagte er, »erzählen ja tolle Dinge über euch in der Stadt.« Aber Joseph antwortete nicht darauf, sondern sagte: »Hoffentlich habt ihr wenigstens ein Stecheisen da, an meinem ist mir der Griff abgebrochen. Sind es mehrere Türen?«

»Eine«, sagte der Mann, »und ein Stecheisen haben wir. Es ist sehr dringend mit der Tür. Wir bekommen Einquartierung.«

»Einquartierung? Jetzt? Es sind doch keine Manöver.«

»Nein, Manöver sind nicht, aber es kommt eine ganze Kompanie Soldaten nach Bethlehem. Und bei uns«, sagte er stolz, »bei uns soll der Hauptmann wohnen. Die Hirten …«, aber er unterbrach sich, blieb stehen, und auch Joseph blieb stehen. An der Straßenecke stand der Mausgraue, er hatte den ganzen Arm voller Blumen, weißen Lilien, und verteilte sie an kleine Kinder, die gerade laufen konnten: es kamen immer mehr Kinder, und Mütter kamen mit solchen, die noch nicht laufen konnten, und der Mann, der Joseph geholt hatte, erschrak sehr, denn der Mausgraue weinte: die Stimme, die Augen hatten ihn schon erschreckt, aber seine Tränen waren noch schrecklicher: er berührte die Münder der Kinder, ihre Stirn mit seiner Hand, küßte ihre kleinen, schmutzigen Hände und gab jedem von ihnen eine Lilie.

»Ich habe dich gesucht«, sagte Joseph zu dem Mausgrauen, »eben, während ich schlief, habe ich geträumt …«

»Ich weiß«, sagte der Mausgraue, »wir müssen sofort weg.«

Er wartete noch einen Augenblick, bis ein ganz kleines, schmutziges Mädchen an ihn herangekommen war.

»Soll ich die Tür für diesen Hauptmann nicht mehr reparieren?«

»Nein, wir müssen gleich weg.« Er wandte sich von den Kindern ab, nahm Joseph beim Arm, und Joseph sagte zu dem Mann, der ihn geholt hatte: »Tut mir leid, ich glaube, es geht nicht.«

»Oh, laß nur«, sagte der Mann. Er sah den beiden nach, die zum Stall zurückgingen, blickte dann in die Straße, in der die Kinder lachend mit ihren großen weißen Lilien herumliefen. Da hörte er das Getrappel von Pferdehufen hinter sich, wandte sich um und sah die Kompanie, die von der Landstraße aus in die Stadt einritt. »Ich werde wieder ausgeschimpft werden«, dachte er, »weil die Tür nicht repariert ist.«

Die Kinder standen am Straßenrand und winkten den Soldaten mit den Blumen zu. So ritten die Soldaten durch ein Spalier weißer Lilien in Bethlehem ein, und der Mann, der Joseph geholt hatte, dachte: »Ich glaube, die Hirten haben recht mit allem, was sie erzählt haben ...«

SILVIO BLATTER

Weihnachtsgeschichte

Ich mag Weihnachten. Darum meide ich im Dezember die Stadt und alle Geschäfte, sitze lieber am Fenster und schaue in den nächtlichen Hof hinaus, über dessen Fassadenrand ein hell erleuchtetes Bürohochhaus ragt, ein Schiff im Nebel sieht so aus, und manchmal denke ich, es ist ein Schiff, bald läuft es ein in den Hof.

Versunken bin ich in Gedanken, einer Geschichte auf der Spur, bemerke erst im letzten Augenblick den Weihnachtslöwen, der quer durch den Hof geht (daß die Katzen auf die Bäume springen vor Schreck) und bei der Tür vor den Namensschildern zögert, bevor er läutet, als falle ihm das Lesen nicht ganz leicht.

Der Weihnachtsmann habe ihn gesandt, läßt er in seiner Löwensprache verlauten, die Mimi fabelhaft versteht.

Ganz verzweifelt sei der Weihnachtsmann, jedes Jahr könne er seinen Job weniger gut erfüllen. Die Stadt sei verstopft, er wisse nicht, wie durchkommen, und auf den Dörfern soll es nicht viel besser sein, so der Löwe, übersetzt Mimi.

Am Fenster sitze ich, das Schiff im Nebel ist etwas näher gerückt, der Weihnachtslöwe und Mimi spielen im Zimmer Domino, und sind da nicht Stimmen?

Der Löwe soll einmal ruhig sein, befehle ich.

Tatsächlich, vom Hof her sind Stimmen zu vernehmen. Auch geht nochmals die Haustür, und es läutet wieder bei uns.

Vor der Wohnung stehen die Heiligen Drei Könige mit vom Nebel feuchten Gewändern.

Sind wir uns nicht schon irgendwo begegnet, frage ich.

Nein, sagt der schwarze König, nicht daß ich wüßte.

Ist er nicht der Ägypter, der bei uns um die Ecke wohnt, überlege ich, nur hatte ich bislang nie angenommen, er könnte ein König sein.

Die Könige legen ihre Geschenke für das Christkind auf den Küchentisch; ich biete den Herren einen Grappa an.

Wir haben den Weihnachtsstern entdeckt, sagt einer der Könige, über dem Bürohochhaus, aber plötzlich war er verschwunden. Nun suchen wir das Christkind und haben uns verirrt.

Wir kommen aus dem Morgenland und sind europäische Verhältnisse nicht so gewohnt, sagen sie im Chor.

Darf ich noch einen Grappa haben, fragt der schwarze König. Bei Weihnachtsmännern und heiligen Königen muß man aufpassen, flüstert mir Mimi ins Ohr: Die sind massenweise gefälscht; jedes Warenhaus stellt ein paar von den Burschen an, sieh dich vor, Christian.

Und wie steht die Sache mit dem Löwen, frage ich.

Er ist unbedingt echt, flüstert Mimi, aber schau doch einmal den kleinsten der Könige an, ist er nicht der türkische Teppichhändler mit dem beigen Mercedes?

Ich schenke dem Ägypter Grappa ein.

Ruf den Löwen, sage ich zu Mimi, wenn die Könige erschrecken oder gar in Panik geraten, sind sie falsch.

Mimi pfeift, der Löwe springt mit einem geschmeidigen Satz in die Küche. Die Könige zeigen sich ganz begeistert von ihm, und der Löwe schleckt freudig ihre Gesichter.

Der Weihnachtsmann sieht keine Chance, in diesem Verkehr seine Pakete und Geschenke auftragsgemäß zu verteilen und hat den Löwen vorgeschickt. Die Heiligen Drei Könige finden sich ebenfalls nicht zurecht. Sie haben sogar den Weihnachtsstern aus den Augen verloren: wie ein gelber Knopf in einer chemischen Substanz, so scheint er sich aufgelöst zu haben.

Das Christkind wird doch geboren, sagt Mimi, ist nicht letzthin auch eine Volkszählung gewesen? Das Christkind wird geboren, Christian, das ändert doch alles.

Das Mädchen hat recht, sagen die Könige. Kommt, brüllt der Löwe.

Was meint er, Mimi, frage ich und bin etwas überrascht, weil alle so hastig aufstehen und aufbrechen wollen.

Ich fresse euch den Weg frei, hat der Löwe gesagt, erklärt Mimi.

Sie zieht bereits die Schuhe und den Mantel an.

Langsam, langsam, mahne ich, wir sollten jetzt nichts überstürzen.

Wo könnte das Christkind geboren sein, frage ich. Die heilige Familie hat kein Geld, und es wäre bestimmt falsch zu glauben, die Hotelbesitzer handelten heute christlicher als vor zweitausend Jahren. Im weiteren sind alle abgelegenen Ställe längst zu Weekendhäusern umgebaut worden, und ein Spital kommt auch nicht in Betracht, Maria gehört bestimmt keiner Krankenkasse an, und Josef ist wohl nicht in der Lage, eine Kaution zu hinterlegen.

Ich mag Weihnachten, wie gesagt. Aber nur, wenn ich stark genug bin, mich der allgemeinen Einkaufsbegeisterung zu verweigern, verlasse ich das Haus. Jedes Jahr am

24. Dezember besorge ich mir allerdings eine Stunde vor Ladenschluß neue Kleider, krame in den Regalen der leeren Geschäfte und probiere an, was übriggeblieben ist. Die vom Rummel beschädigten Verkäuferinnen raffen das Gesicht zu einem Lächeln für mich, den letzten Kunden und Feierabendengel; aber ich schweife ab. Also nur, falls ich genügend Widerstand gegen die Kaufeuphorie aufzubringen imstande bin, gehe ich außer Haus. Allein wenn ich mir ausmale, wie viele Tonnen Fett während der Festtage angesetzt werden – wird mir komisch im Magen.

Es kostet mich darum eine erhebliche Überwindung, hinauszugehen mit dem Löwen des Weihnachtsmannes und den Heiligen Drei Königen, in Begleitung von Mimi, um das Christkind zu suchen, irgendwo.

Wir haben ja keinerlei Anhaltspunkt, sage ich.

Vielleicht in einer Badeanstalt, muntert Mimi mich auf.

Überhaupt keine Lust verspüre ich. Draußen tobt die Weihnachtszeit, draußen spurten Irre umher, und warum soll ich mich unter Leuten bewegen, die wie Packesel beladen nach Hause galoppieren, während überall Kassen klingeln, ununterbrochen Kassen klingeln, während Hunde die Straßen durchkämmen und sich an den Filetstücken, den Schinken und Kuchen überfressen, die den Leuten aus den Taschen fallen; keine, absolut keine Lust.

Trotzdem sind wir aufgebrochen.

Mimi hat sich auf den Rücken des Löwen gesetzt. Die Heiligen Drei Könige schreiten würdevoll hinter dem Tier mit der kleinen Reiterin her. Ich halte mich etwas abseits, fast bin ich verlegen, komme mir deplaziert vor in der Gruppe, die sich Weg bahnt und Weg findet, hat doch der schwarze König den geschweiften Stern wieder entdeckt.

Dort, ruft er sehr aufgeregt, dort über dem Sportstadion.

Weder auf dem Spielfeld noch in den Gängen und Kabinen finden wir die heilige Familie.

Ruf einmal die Polizei an, rät Mimi. Vielleicht hat man die heilige Familie unterwegs festgenommen. Josef wirkt am Ende etwas ärmlich, Maria hat keinen Ausweis; und sind sie nicht Ausländer?

Die Polizei habe ich angerufen, nichts, die Heilsarmee habe ich angerufen, erfolglos.

Wir finden das Christkind niemals, seufzt Mimi. Die Welt hat zu viele Baustellen und Autos.

Die Könige pflichten ihr bei.

So gehen wir etwas ratlos. Die Könige wirken deprimiert. Der Löwe erledigt ein paar Schäferhunde mit Prankenhieben. Ich muß ihm befehlen, keinen der falschen Weihnachtsmänner zu verschlingen, die von irgendeinem Supermarkt ausgesandt worden sind.

Du würdest uns nur in Schwierigkeiten bringen, sage ich. Knurrend gehorcht er.

Wie man aus einem Labyrinth niemals mit einem logisch erdachten System, sondern aufgrund einer Reihe von Zufällen den Ausgang findet, sind wir immer geradeaus der Löwennase nachgelaufen und plötzlich zur Kehrichtverbrennungsanlage gelangt.

Der hohe Kamin schimmert weiß im Licht des Weihnachtssterns, der Nebel hat sich fast wundersam aufgelöst, und auf der Wiese neben der Anlage glitzert wie hingezaubert eine dünne grobporige Schneehaut. Hinter dem fensterlosen Betongebäude befindet sich ein häßlicher Anbau: Dort, zwischen Fässern und Kalksäcken, hat Maria das Christkind geboren.

Eine Plastikwanne dient als Wiege. Josef hat sie mit Putzfäden ausgepolstert und über die improvisierte Unterlage Pampers gelegt. Nun schraubt er die Thermosflasche auf und bietet uns Kaffee an. Wir stehen um die Wiege herum, Pappbecher in den Händen und etwas hilflos. Der Kaffee schmeckt nicht besonders, ist aber wenigstens heiß.

Wir sind mit einer Vespa gekommen, sagt Josef.

Er sieht aus wie ein stellenloser Deutschlehrer mit Brille und Bart, ein alter Achtundsechziger, der mit einer früheren Schülerin durchgebrannt ist. Eigentlich bräuchte er einen neuen Mantel.

Die Reise ist heavy gewesen, sagt Maria.

Im Grund habe ich mir Maria immer anders vorgestellt. Sie scheint noch keine zwanzig und trägt eine Jacke aus Kunstleder mit einem dunkelblauen Stein vorn auf der Brust. Ein wenig ähnelt sie der Popsängerin Madonna. An ihrem linken Ohr hängt ein Stern, in dem sich die Farben galaktisch brechen.

Die Könige sind gerührt und übergeben ihre Geschenke. Ganz verschämt steckt der Türke Maria einen Lippenstift zu, den er für eine seiner Frauen gekauft hat.

Maria lacht, gleich malt sie den Mund.

Der Löwe freut sich unbändig und schleckt das Christkind ab. Dabei rutscht die dünne Decke herunter, und das Baby liegt nackt.

Oh, haucht Mimi, wunderbar …

Bevor ich Mimis Ausspruch vollständig zitiere und entlassen bin aus dieser Weihnachtsgeschichte, möchte ich noch erwähnen, daß die Heiligen Drei Könige und der Löwe plötzlich verschwanden, als hätte ein starker Wunsch sie unsichtbar gemacht. Ich habe Josef, mit einem ziemlich schlechten Gewissen, noch einen Hunderter zugesteckt. Er hat das Geld gern genommen; fast treuherzig hat er mich angeschaut, als hege er die Absicht, mit dem Geld morgen zum Friseur zu gehen, um sich Maria zulieb endlich die Haare schneiden und den Bart abnehmen zu lassen. Darauf haben Mimi und ich der heiligen Familie alles Gute gewünscht und adieu gesagt.

Wunderbar, hat Mimi geflüstert, als das Neugeborene nackt vor uns gelegen hat, das Christkind ist ein Mädchen.

WERNER BERGENGRUEN

Kaschubisches Weihnachtslied

Wärst du, Kindchen, im Kaschubenlande,
wärst du, Kindchen, doch bei uns geboren!
Sieh, du hättest nicht auf Heu gelegen,
wärst auf Daunen weich gebettet worden.

Nimmer wärst du in den Stall gekommen,
dicht am Ofen stünde warm dein Bettchen,
der Herr Pfarrer käme selbst gelaufen,
dich und deine Mutter zu verehren.

Kindchen, wie wir dich gekleidet hätten!
Müßtest eine Schaffellmütze tragen,
blauen Mantel von kaschubischem Tuche,
pelzgefüttert und mit Bänderschleifen.

Hätten dir den eignen Gurt gegeben,
rote Schuhchen für die kleinen Füße,
fest und blank mit Nägelchen beschlagen!
Kindchen, wie wir dich gekleidet hätten!

Kindchen, wie wir dich gefüttert hätten!
Früh am Morgen weißes Brot mit Honig,
frische Butter, wunderweiches Schmorfleisch,
mittags Gerstengrütze, gelbe Tunke.

Gänsefleisch und Kuttelfleck mit Ingwer,
fette Wurst und goldnen Eierkuchen,
Krug um Krug das starke Bier aus Putzig!
Kindchen, wie wir dich gefüttert hätten!

Und wie wir das Herz dir schenken wollten!
Sieh, wir wären alle fromm geworden,
alle Kniee würden sich dir beugen,
alle Füße Himmelswege gehen.

Niemals würde eine Scheune brennen,
sonntags nie ein trunkner Schädel bluten, –
wärst du, Kindchen, im Kaschubenlande,
wärst du, Kindchen, doch bei uns geboren!

NORBERT KASER

motto:
es schreien die kinder
herodes schaut finster

24. dezember

adam & eva & david der koenig
sterne am himmel
esel & ochsen
huetten & hirten & schnee viel zu wenig

der kaiser will wissen
wer zu ihm gehoert
der kaiser will wissen
wie sichs vermehrt

adam & eva ...

die armen leute kamen
ins dorf in die stadt
zu sagen den namen
& wer sie geboren hat

adam & eva ...

maria kriegt ein kind
in einer hoehle
traurig & schwer & freudig
zugleich ist's in ihrer seele

adam & eva & david der koenig
sterne am himmel
esel & ochsen
huetten & hirten & schnee viel zu wenig

sendung vom 261273
im deutschen fernsehen
der rai

Wer klopfet an

2. (2. Wirt:) Wer vor der Tür?
»Ein Weib mit ihrem Mann.«
Was wollt denn ihr?
»Hört unser Bitten an!
Lasset heut’ bei Euch uns wohnen,
Gott wird Euch schon alles lohnen!«
Was zahlt ihr mir?
»Kein Geld besitzen wir!«

Dann geht von hier!
»O öffnet uns die Tür!«
Ei, macht mir kein Ungestüm,
da packt euch, geht wo anders hin!

3. (3. Wirt:) Was weinet ihr?
»Vor Kält' erstarren wir.«
Wer kann dafür?
»O gebt uns doch Quartier!
Überall sind wir verstoßen,
jedes Tor ist uns verschlossen!«
So bleibt halt drauß'!
»O öffnet uns das Haus!«
Da wird nichts draus.
»Zeigt uns ein andres Haus.«
Dort geht hin zur nächsten Tür!
Ich hab nicht Platz, geht nur von hier!

4. (4. Wirt:) Da geht nur fort!
»O Freund, wohin? wo aus?«
Ein Viehstall dort!
»Geh, Joseph, nur hinaus!
O mein Kind, nach Gottes Willen
mußt du schon die Armut fühlen.«
Jetzt packt euch fort!
»O, dies sind harte Wort'!«
Zum Viehstall dort!
»O, wohl ein schlechter Ort!«
Ei, der Ort ist gut für euch;
ihr braucht nicht viel. Da geht nur gleich!

Der Weihnachtsabend und die Bescherung

THEODOR STORM

Weihnachtsabend

An die hellen Fenster kommt er gegangen
Und schaut in des Zimmers Raum;
Die Kinder alle tanzten und sangen
Um den brennenden Weihnachtsbaum.

Da pocht ihm das Herz, dass es will zerspringen;
»O«, ruft er, »lasst mich hinein!
Was Frommes, was Fröhliches will ich euch singen
Zu dem hellen Kerzenschein.«

Und die Kinder kommen, die Kinder ziehen
Zur Schwelle den nächtlichen Gast;
Still grüßen die Alten, die Jungen umknieen
Ihn scheu in geschäftiger Hast.

Und er singt: »Weit glänzen da draußen die Lande
Und locken den Knaben hinaus;
Mit klopfender Brust, im Reisegewande
Verlässt er das Vaterhaus.

Da trägt ihn des Lebens breitere Welle –
Wie war so weit die Welt!
Und es findet sich mancher gute Geselle,
Der's treulich mit ihm hält.

Tief bräunt ihm die Sonne die Blüte der Wangen
Und der Bart umsprosset das Kinn;
Den Knaben, der blond in die Welt gegangen,
Wohl nimmer erkennet ihr ihn.

Aus goldenen und aus blauen Reben
Es mundet ihm jeder Wein;
Und dreister greift er in das Leben
Und in die Saiten ein.

Und für manche Dirne mit schwarzen Locken
Im Herzen findet er Raum; –
Da klingen durch das Land die Glocken,
Ihm war's wie ein alter Traum.

Wohin er kam, die Kinder sangen,
Die Kinder weit und breit;
Die Kerzen brannten, die Stimmlein klangen,
Das war die Weihnachtszeit.

Da fühlte er, dass er ein Mann geworden;
Hier gehörte er nicht dazu;
Hinter den blauen Bergen im Norden
Ließ ihm die Heimat nicht Ruh.

An die hellen Fenster kam er gegangen
Und schaut' in des Zimmers Raum;
Die Schwestern und Brüder tanzten und sangen
Um den brennenden Weihnachtsbaum.« –

Da war es, als würden lebendig die Lieder
Und nahe, der eben noch fern;
Sie blicken ihn an und blicken wieder;
Schon haben ihn Alle so gern.

Nicht länger kann er das Herz bezwingen,
Er breitet die Arme aus:
»O schließet mich ein in das Preisen und Singen,
Ich bin ja der Sohn vom Haus!«

T. S. ELIOT

Die Veredelung von Weihnachtsbäumen

Es gibt verschiedne Haltungen Weihnachten gegenüber,
Von denen wir einige ignorieren dürfen:
Die soziale, die apathische, die unverhohlen kommerzielle,
Die rüpelhafte (die Pubs bleiben bis Mitternacht geöffnet)
Und die kindische – die nicht die jenes Kindes ist,
Für das das Kerzenlicht ein Stern, der goldne Engel
Mit gespreizten Schwingen hoch auf der Spitze eines Baums
Nicht nur Verzierung ist, sondern ein Engel.
Das Kind wie es den Weihnachtsbaum bewundert:
Laßt es so fortfahrn in dem Geist des Wunders
Bei diesem Fest, als dem, das nicht als Vorwand gilt;
So daß das glitzernde Entzücken, das gewaltige Bestaunen
Des jung erblickten ersten Weihnachtsbaums,
So daß die Überraschungen, die Freude über neues
Eigentum
(Ein jedes mit besonderem und faszinierendem Geruch),
Die freudige Erwartung auf Puter oder Gans
Und das erwartete Staunen bei ihrer Ankunft,
So daß die Ehrfurcht und die Lustigkeit
In späterer Erfahrung nicht vergessen wird
In einförmiger Langeweile, Gewöhnung und Strapaze,
Dem Wissen um Tod und dem Wissen ums Scheitern,
Oder in des Bekehrten Frömmigkeit,
Die unrein werden kann von Eitelkeit,
Beleidigend vor Gott und rücksichtslos gegen die Kinder
(Und hier erinnere ich auch mit Dankbarkeit
Die Heilige Lucia, ihr Lied und ihre Feuerkrone):

So daß vorm Schluß, beim achtzigsten Weihnachtsfest,
(Mit ›achtzig‹ meine ich das letzte, irgendeines)
Die angesammelten Erinnerungen an jährliches Gefühl
Zusammengehn in eine übergroße Freude,
Die ebenso aus großer Angst besteht – wie damals,
Als Angst in jede Seele trat:
Weil jeder Anfang uns ans Lebensende denken lassen soll,
Das Erste Kommen an das Zweite.

Der Christbaum ist der schönste Baum

Text: Johannes Karl · Melodie: G. Eisenbach

2. Denn sieh, in dieser Wundernacht
ist einst der Herr geboren,
der Heiland, der uns selig macht.
Hätt' er den Himmel nicht gebracht,
|: wär' alle Welt verloren, :|
verloren.

3. Doch nun ist Freud' und Seligkeit,
ist jede Nacht voll Kerzen.
Auch dir, mein Kind, ist das bereit't;
dein Jesus schenkt dir alles heut',
|: gern wohnt er dir im Herzen, :|
im Herzen.

4. O lass ihn ein! Es ist kein Traum,
er wählt dein Herz zum Garten,
will pflanzen in den engen Raum
den allerschönsten Wunderbaum
|: und seiner treulich warten, :|
ja warten.

E. T. A. HOFFMANN

Nussknacker und Mausekönig

Der Weihnachtsabend

Am vierundzwanzigsten Dezember durften die Kinder des Medizinalrats Stahlbaum den ganzen Tag über durchaus nicht in die Mittelstube hinein, viel weniger in das daranstoßende Prunkzimmer. In einem Winkel des Hinterstübchens zusammengekauert, saßen Fritz und Marie, die tiefe Abenddämmerung war eingebrochen, und es wurde ihnen recht schaurig zumute, als man, wie es gewöhnlich an dem Tage geschah, kein Licht hereinbrachte. Fritz entdeckte, ganz insgeheim wispernd, der jüngern Schwester (sie war eben erst sieben Jahr alt worden), wie er schon seit frühmorgens es habe in den verschlossenen Stuben rauschen und rasseln und leise pochen hören. Auch sei nicht längst ein kleiner dunkler Mann mit einem großen Kasten unter dem Arm über den Flur geschlichen, er wisse aber wohl, dass es niemand anders gewesen als Pate Drosselmeier. Da schlug Marie die kleinen Händchen vor Freude zusammen und rief: »Ach, was wird nur Pate Drosselmeier für uns Schönes gemacht haben.« Der Obergerichtsrat Drosselmeier war gar kein hübscher Mann, nur klein und mager, hatte viele Runzeln im Gesicht, statt des rechten Auges ein großes schwarzes Pflaster und auch gar keine Haare, weshalb er eine sehr schöne weiße Perücke trug, die war aber von Glas und ein künstliches Stück Arbeit. Überhaupt war der Pate selbst auch ein sehr künstlicher Mann, der sich sogar auf Uhren verstand und selbst welche machen konnte.

Wenn daher eine von den schönen Uhren in Stahlbaums Hause krank war und nicht singen konnte, dann kam Pate Drosselmeier, nahm die Glasperücke ab, zog sein gelbes Röckchen aus, band eine blaue Schürze um und stach mit spitzigen Instrumenten in die Uhr hinein, so dass es der kleinen Marie ordentlich wehe tat, aber es verursachte der Uhr gar keinen Schaden, sondern sie wurde vielmehr wieder lebendig und fing gleich an, recht lustig zu schnurren, zu schlagen und zu singen, worüber denn alles große Freude hatte. Immer trug er, wenn er kam, was Hübsches für die Kinder in der Tasche, bald ein Männlein, das die Augen verdrehte und Komplimente machte, welches komisch anzusehen war, bald eine Dose, aus der ein Vögelchen heraushüpfte, bald was anderes. Aber zu Weihnachten, da hatte er immer ein schönes künstliches Werk verfertigt, das ihm viel Mühe gekostet, weshalb es auch, nachdem es einbeschert worden, sehr sorglich von den Eltern aufbewahrt wurde. – »Ach, was wird nur Pate Drosselmeier für uns Schönes gemacht haben«, rief nun Marie; Fritz meinte aber, es könne wohl diesmal nichts anders sein als eine Festung, in der allerlei sehr hübsche Soldaten auf und ab marschierten und exerzierten, und dann müssten andere Soldaten kommen, die in die Festung hineinwollten, aber nun schössen die Soldaten von innen tapfer heraus mit Kanonen, dass es tüchtig brauste und knallte. »Nein, nein«, unterbrach Marie den Fritz, »Pate Drosselmeier hat mir von einem schönen Garten erzählt, darin ist ein großer See, auf dem schwimmen sehr herrliche Schwäne mit goldnen Halsbändern herum und singen die hübschesten Lieder. Dann kommt ein kleines Mädchen aus dem Garten an den See und lockt die Schwäne heran und füttert sie mit süßem

Marzipan.« – »Schwäne fressen keinen Marzipan«, fiel Fritz etwas rau ein, »und einen ganzen Garten kann Pate Drosselmeier auch nicht machen. Eigentlich haben wir wenig von seinen Spielsachen; es wird uns ja alles gleich wieder weggenommen, da ist mir denn doch das viel lieber, was uns Papa und Mama einbescheren, wir behalten es fein und können damit machen, was wir wollen.« Nun rieten die Kinder hin und her, was es wohl diesmal wieder geben könne. Marie meinte, dass Mamsell Trutchen (ihre große Puppe) sich sehr verändere, denn ungeschickter als jemals, fiele sie jeden Augenblick auf den Fußboden, welches ohne garstige Zeichen im Gesicht nicht abginge, und dann sei an Reinlichkeit in der Kleidung gar nicht mehr zu denken. Alles tüchtige Ausschelten helfe nichts. Auch habe Mama gelächelt, als sie sich über Gretchens kleinen Sonnenschirm so gefreut. Fritz versicherte dagegen, ein tüchtiger Fuchs fehle seinem Marstall durchaus sowie seinen Truppen gänzlich an Kavallerie, das sei dem Papa recht gut bekannt. – So wussten die Kinder wohl, dass die Eltern ihnen allerlei schöne Gaben eingekauft hatten, die sie nun aufstellten, es war ihnen aber auch gewiss, dass dabei der liebe Heilige Christ mit gar freundlichen frommen Kindesaugen hineinleuchte und dass, wie von segensreicher Hand berührt, jede Weihnachtsgabe herrliche Lust bereite wie keine andere. Daran erinnerte die Kinder, die immerfort von den zu erwartenden Geschenken wisperten, ihre ältere Schwester Luise, hinzufügend, dass es nun aber auch der Heilige Christ sei, der durch die Hand der lieben Eltern den Kindern immer das beschere, was ihnen wahre Freude und Lust bereiten könne, das wisse er viel besser als die Kinder selbst, die müssten daher nicht allerlei wünschen und hoffen, sondern still und fromm erwarten, was ihnen beschert worden. Die kleine Marie wurde ganz nachdenklich, aber Fritz murmelte vor sich hin: »Einen Fuchs und Husaren hätt ich nun einmal gern.«

Es war ganz finster geworden. Fritz und Marie, fest aneinandergerückt, wagten kein Wort mehr zu reden, es war ihnen, als rausche es mit linden Flügeln um sie her und als ließe sich eine ganz ferne, aber sehr herrliche Musik vernehmen. Ein heller Schein streifte an der Wand hin, da wussten die Kinder, dass nun das Christkind auf glänzenden Wolken fortgeflogen zu andern glücklichen Kindern. In dem Augenblick ging es mit silberhellem Ton: Klingling, klingling, die Türen sprangen auf, und solch ein Glanz strahlte aus dem großen Zimmer hinein, dass die Kinder mit lautem Ausruf: »Ach! – Ach!« wie erstarrt auf der Schwelle stehenblieben. Aber Papa und Mama traten in die Türe, fassten die Kinder bei der Hand und sprachen: »Kommt doch nur, kommt doch nur, ihr lieben Kinder, und seht, was euch der Heilige Christ beschert hat.«

Die Gaben

Ich wende mich an dich selbst, sehr geneigter Leser oder Zuhörer Fritz – Theodor – Ernst – oder wie du sonst heißen magst, und bitte dich, dass du dir deinen letzten, mit schönen bunten Gaben reich geschmückten Weihnachtstisch recht lebhaft vor Augen bringen mögest, dann wirst du es dir wohl auch denken können, wie die Kinder mit glänzenden Augen ganz verstummt stehenblieben, wie erst nach einer Weile Marie mit einem tiefen Seufzer rief: »Ach, wie schön – ach, wie schön«, und Fritz einige Luftsprünge versuchte, die ihm überaus wohl gerieten. Aber die Kinder mussten auch das ganze Jahr über besonders artig und fromm gewesen sein, denn nie war ihnen so viel Schönes, Herrliches einbeschert worden als dieses Mal. Der große Tannenbaum in der Mitte trug viele goldne und silberne Äpfel, und wie Knospen und Blüten keimten Zuckermandeln und bunte Bonbons, und was es sonst noch für schönes Naschwerk gibt, aus allen Ästen. Als das Schönste an dem Wunderbaum musste aber wohl gerühmt werden, dass in seinen dunkeln Zweigen hundert kleine Lichter wie Sternlein funkelten und er selbst, in sich hinein- und herausleuchtend, die Kinder freundlich einlud, seine Blüten und Früchte zu pflücken. Um den Baum umher glänzte alles sehr bunt und herrlich – was es da alles für schöne Sachen gab – ja, wer das zu beschreiben vermöchte! Marie erblickte die zierlichsten Puppen, allerlei saubere kleine Gerätschaften, und was vor allem schön anzusehen war, ein seidenes Kleidchen mit bunten Bändern zierlich geschmückt, hing an einem Gestell so der kleinen Marie vor Augen, dass sie es von allen Seiten betrachten konnte, und das tat sie denn auch, indem sie ein Mal über das andere ausrief: »Ach, das schöne, ach, das liebe – liebe Kleidchen; und das werde ich – ganz gewiss – das werde ich wirklich anziehen dürfen!« – Fritz hatte indessen schon, drei- oder viermal um den Tisch herumgaloppierend und -trabend, den neuen Fuchs versucht, den er in der Tat am Tische angezäumt gefunden. Wieder absteigend, meinte er, es sei eine wilde Bestie, das täte aber nichts, er wolle ihn schon kriegen, und musterte die neue Schwadron Husaren, die sehr prächtig in Rot und Gold gekleidet waren, lauter silberne Waffen trugen und auf solchen weißglänzenden Pferden ritten, dass man beinahe hätte glauben sollen, auch diese seien von purem Silber. Eben wollten die Kinder, etwas ruhiger geworden, über die Bilderbücher her, die aufgeschlagen waren, dass man allerlei sehr schöne Blumen und bunte Menschen, ja auch allerliebste spielende Kinder, so natürlich gemalt, als lebten und sprächen sie wirklich, gleich anschauen konnte. – Ja! eben wollten die Kinder über diese wunderbaren Bücher her, als nochmals geklingelt wurde. Sie wussten, dass nun der Pate Drosselmeier einbescheren würde, und liefen nach dem an der Wand stehenden Tisch. Schnell wurde der Schirm, hinter dem er so lange versteckt gewesen, weggenommen. Was erblickten da die Kinder! – Auf einem grünen, mit bunten Blumen geschmückten Rasenplatz stand ein sehr herrliches Schloss mit vielen Spiegelfenstern und goldnen Türmen. Ein Glockenspiel ließ sich hören, Türen und Fenster gingen auf, und man sah, wie sehr kleine, aber zierliche Herrn und Damen mit Federhüten und langen Schleppkleidern in den Sälen herumspazierten. In dem Mittelsaal, der ganz in Feuer zu stehen schien – so viel Lichterchen brannten an silbernen Kronleuchtern –, tanzten Kinder in kurzen Wämschen und Röckchen nach dem Glockenspiel. Ein Herr in einem smaragdenen Mantel sah oft durch ein Fenster, winkte heraus und verschwand wieder, so wie auch Pate Drosselmeier selbst, aber kaum viel höher als Papas Daumen, zuweilen unten an der Tür des Schlosses stand und wieder hineinging. Fritz hatte mit auf den Tisch gestemmten Armen das schöne Schloss und die tanzenden und spazierenden Figürchen angesehen, dann sprach er: »Pate Drosselmeier! Lass mich mal hineingehen in dein Schloss!« – Der Obergerichtsrat bedeutete ihn, dass das nun ganz und gar nicht anginge. Er hatte auch recht, denn es war töricht von Fritzen, dass er in ein Schloss gehen wollte, welches überhaupt mitsamt seinen goldnen Türmen nicht so hoch war als er selbst. Fritz sah das auch ein. Nach einer Weile, als immerfort auf dieselbe Weise die Herrn und Damen hin und her spazierten, die Kinder tanzten, der smaragdne Mann zu demselben Fenster heraussah, Pate Drosselmeier vor die Türe trat, da rief Fritz ungeduldig: »Pate Drosselmeier, nun komm mal zu der andern Tür da drüben heraus.« – »Das geht nicht, liebes Fritzchen«, erwiderte der Obergerichtsrat. »Nun, so lass mal«, sprach Fritz weiter, »lass mal den grünen Mann, der so oft herausguckt, mit den andern herumspazieren.« – »Das geht auch nicht«, erwiderte der Obergerichtsrat aufs Neue. »So sollen die Kinder herunterkommen«, rief Fritz, »ich will sie näher besehen.« – »Ei, das geht alles nicht«, sprach der Obergerichtsrat verdrießlich, »wie die Mechanik nun einmal gemacht ist, muss sie bleiben.« – »So-o?«, fragte Fritz mit gedehntem Ton, »das geht alles nicht? Hör mal, Pate Drosselmeier, wenn deine kleinen geputzten Dinger in dem Schlosse nichts mehr können als immer dasselbe, da taugen sie nicht viel, und ich frage nicht sonderlich nach ihnen. – Nein, da lob ich mir meine Husaren, die müssen manövrieren vorwärts, rückwärts, wie ich's haben will, und sind in kein Haus gesperrt.« Und damit sprang er fort an den Weihnachtstisch und ließ seine Eskadron auf den silbernen Pferden hin und her trottieren und schwenken und einhauen und feuern nach Herzenslust. Auch Marie hatte sich sachte fortgeschlichen, denn auch sie wurde des Herumgehens und Tanzens der Püppchen im Schlosse bald überdrüssig und mochte es, da sie sehr artig und gut war, nur nicht so merken lassen wie Bruder Fritz. Der Obergerichtsrat Drosselmeier sprach ziemlich verdrießlich zu den Eltern: »Für unverständige Kinder ist solch künstliches Werk nicht, ich will nur mein Schloss wieder einpacken«; doch die Mutter trat hinzu und ließ sich den innern Bau und das wunderbare, sehr künstliche Räderwerk zeigen, wodurch die kleinen Püppchen in Bewegung gesetzt wurden. Der Rat nahm alles auseinander und setzte es wieder zusammen. Dabei war er wieder ganz heiter geworden und schenkte den Kindern noch einige schöne braune Männer und Frauen mit goldnen Gesichtern, Händen und Beinen. Sie waren sämtlich aus Thorn und rochen so süß und angenehm wie Pfefferkuchen, worüber Fritz und Marie sich sehr erfreuten. Schwester Luise hatte, wie es die Mutter gewollt, das schöne Kleid angezogen, welches ihr einbeschert worden, und sah wunderhübsch aus, aber Marie meinte, als sie auch ihr Kleid anziehen sollte, sie möchte es lieber noch ein bisschen so ansehen. Man erlaubte ihr das gern. [...]

ROBERT WALSER

Christbaum

Ein Weihnachtsbaum, kommt Kinder, kommt herein,
hat reizende, strahlende Äugelein,
draußen schneit es festzeitmäßig,
flüchtig, fleißig, lieblich, unablässig,
etwas Singendes ist am Weihnachtsbaum,
Silberflitter, Schwanenflaum,
Engelchen, zappelnde Bengelchen schmücken
das gravitätische Bäumchen zum Entzücken.
Nun sagt der art'ge Knabe Verse her,
teilweise wird ihm das Problem sehr schwer,
doch es geht, er bringt's zustande,
die Stube ist bestreut mit glitzerndem Sande,
der junge Rezitator lächelt,
das Kerzenflämmchen flackert, fächelt,
Nüsse, Äpfel und Birnen
prangen unter leuchtenden Gestirnen.
Hoch auf der Tannenspitze thront ein Mond,
auf dem Munde des Mädchens ein Verwundern
heimisch wohnt,
alle fühlen sich reich belohnt,
großäugig liegen Puppen in Chaisen.
Als wenn es erst gestern wär' gewesen,
daß sie noch selbst sich an Geschenken freuten,
wird's ums Herz erwachsenen Leuten.
Von der Straße tönt Schlittengeklingel,
in der Rumpelkammer sitzt ein Schlingel,
die dunkel ist wie das Vergehen,

um dessetwill'n er nichts vor sich sehen
kann, horch, sie singen
von lieben Dingen,
von Spielsach', Tanzschuhn, Fingerringen,
möge ein kleiner Teil vom fröhlichen Klingen
zu seinen Ohren dringen,
fast scheint mir hier ein Weihnachtsliedchen zu gelingen!

HERBERT ROSENDORFER

Der Weihnachtsdackel

Der 24. Dezember war in jenem Jahr, an das Besenrieders zeit ihres Lebens nur mit Schaudern zurückdenken, ein Freitag. Strenggenommen hatte Günther Besenrieder – ein durch nichts sich von anderen Beamten unterscheidender Oberinspektor beim städtischen Eichamt – am Vormittag noch Dienst, aber das war kein echter Dienst, denn erstens: wer kommt am 24. Dezember ins Eichamt? Und zweitens: der Amtmann Grünauer hatte eine Bowle und Plätzchen von daheim mitgebracht und verfügte die Abhaltung einer Weihnachtsfeier. Jeder versuchte einen höflichen Schluck der von Frau Amtmann Grünauer liebevoll zubereiteten Bowle und besorgte sich dann heimlich ein Bier. Grünauer war beleidigt, als er die Bowle wieder mit heim nehmen mußte, und wünschte nur: »Schönes Wochenende!« und nicht »Frohe Feiertage!«

Bei dem nachtragenden Amtmann verhieß das für das Betriebsklima der nächsten Woche nichts Gutes, aber das war das wenigste an den Turbulenzen dieser Tage, vor allem weil Besenrieder – was er naheliegender Weise noch nicht ahnte – nicht Gelegenheit hatte, an der grantigen Woche Grünauers zwischen den Weihnachtsfeiertagen und Silvester teilzunehmen. »Ich hätte Grünauers Grant gern in Kauf genommen, wenn ich das alles nicht hätte erleben müssen«, sagte Besenrieder später oft.

Gegen zwei Uhr kam Besenrieder heim. Frau Besenrieder hatte ihn um zwölf Uhr erwartet. »Und zwar nüchtern!« sagte sie und fügte einen größeren Schwall Wörter hinzu: wie er sich das denke, ob sie alles allein machen solle, daß noch kein Baum geschmückt sei, daß man noch auf den Friedhof und zu den Eltern fahren müsse, und daß die Kinder seit dem Aufwachen unausstehlich seien und das erste Mal kurz nach acht Uhr gefragt hätten, wann endlich das Christkind käme.

Besenrieder stellte seine Aktentasche auf das Vertiko im Flur.

»Du sollst nicht immer die Aktentasche auf das Vertiko stellen«, schrie Frau Besenrieder, »daß du dir das nicht merken kannst.«

Der kleinere Besenrieder-Knabe schaute aus dem Kinderzimmer und krächzte: »Kommt jetzt das Christkind?«

Besenrieder stellte die Aktentasche unter das Vertiko und sagte: »Es hilft nichts: ich muß noch einmal fort. Dein Weihnachtsgeschenk ...«

Frau Besenrieder stieß einen Schrei aus, heulte: »Ich werde wahnsinnig!« und rekapitulierte in rascher Folge, welche Katastrophen hauptsächlich durch Verschulden ihres Mannes in den vergangenen Jahren zu Weihnachten über die Familie hereingebrochen waren: damals, im ersten Ehejahr, wo Besenrieder nicht daran gedacht hatte, daß in dem jungen Hausstand noch kein Christbaumständer vorhanden war, und wo dann nichts anderes übriggeblieben war, als die obersten Zweige des Christbaums mit Reißnägeln an die Decke zu heften; und dann das Jahr, wo Besenrieder steif und fest behauptet hatte, der Christbaumverkauf ende am 24. um 12 Uhr, und man bekomme in den letzten Stunden die schönsten Bäume um eine Mark, und in Wirklichkeit endete der Christbaumverkauf am 23. abends, und Frau Besenrieder sei damals mit dem Auto 66

Kilometer kreuz und quer durch die Stadt gefahren, und um halb fünf Uhr am Heiligen Abend habe sie durch Zufall einen Großhändler in Waldperlach gefunden, der zufällig noch in seinem Geschäft war und grad mit seiner Sekretärin ein sehr zweideutiges Weihnachtsfest gefeiert habe; der Großhändler habe seine Hose unwillig zugeknöpft und ihr – Frau Besenrieder –, weil sie Tränen in den Augen gehabt habe, einen Krüppel von Fichte für vierzig Mark verkauft, und das auch noch unter der Bedingung, daß sie zwei Steigen schon sehr weicher Tomaten – die Steige zu elf Mark – mit dazunahm, aus denen sie dann einen Tomatenauflauf gemacht habe, von dem der Familie noch zu Dreikönig schlecht war. Günther Besenrieder setzte sich still in die Wohnküche und rülpste.

Natürlich war es bei der Feier im Eichamt nicht bei der einen Flasche Bier geblieben. Aber eigentlich betrunken war Besenrieder nicht, nur flau war ihm im Magen. Das kam wahrscheinlich davon, daß er sich verpflichtet gefühlt hatte, wenn er schon nicht die Bowle trank, wenigstens die Plätzchen der Frau Amtmann Grünauer zu essen.

Nach einiger Zeit beruhigte sich Frau Besenrieder. Während Günther Besenrieder mit dem älteren Sohn den Baum aufstellte und schmückte, erledigte Frau Besenrieder mit dem jüngeren den Besuch bei ihren Eltern und am Friedhof, und als sie gegen vier Uhr zurückkam, war es schon dunkel, auf den Straßen war es ruhig geworden, leiser Schnee rieselte, aus manchen Fenstern schimmerten schon Kerzen, und Friede und Ruhe und der Duft von gebratenen Äpfeln senkten sich auf die Welt.

»So«, sagte Günther Besenrieder, gab seiner Frau einen weihnachtlichen Kuß und ging. In längstens 20 Minuten, sagte er, sei er wieder da. Er müsse das Geschenk für seine Frau holen, ein sehr schönes, eigenartiges Geschenk, das seiner Art nach leider ungeeignet gewesen sei, in der Wohnung versteckt zu werden. Auch die Kinder, sagte Besenrieder, würden sich darüber freuen.

Im Stiegenhaus – das ist für die Geschichte nicht ohne Bedeutung – überholte Besenrieder das ältliche Ehepaar Astfeller aus dem Stock drüber. Astfellers schleppten Koffer und größere Pakete. Weihnachtlich weich half Besenrieder bis zur Haustür tragen, wo ein Taxi wartete. Besenrieder wünschte frohe Feiertage. Astfellers dankten und erwähnten, daß sie nach Bad Aibling zu ihrer dort verheirateten Tochter führen, um mit der und den Enkeln das Fest zu verbringen. Erst am Neujahrstag würden sie zurückkehren.

Als Besenrieder 20 Minuten später mit dem Dackel zurückkam, begegneten ihm die Eheleute Geist, die neben Besenrieders wohnten.

»Oh«, sagte Frau Bundesbahnexpedientin a. D. Geist, »haben Sie jetzt ein Hundchen? Oh, wie süß.«

»Das Weihnachtsgeschenk für meine Frau«, sagte Besenrieder.

»Lieb schaut er«, sagte Herr Bundesbahnexpedient a. D. Geist. Dann wünschte Besenrieder dem Ehepaar Geist frohe Feiertage und erfuhr mit den Gegenwünschen, daß Geists die Feiertage bis Silvester bei ihrem Sohn in Deisenhofen zubringen wollten und daß es jetzt langsam pressiere, weil man doch, noch dazu, wo es zu schneien angefangen habe und man nicht zu schnell fahren könne, eine gute halbe Stunde nach Deisenhofen hinaus brauche und weil man rechtzeitig zur Bescherung da sein wolle.

Günther Besenrieder hatte den Dackel – Adolar von Königsbrunn – nebst Stammbaum bereits in den ersten Dezembertagen in einer Tierhandlung erworben und bezahlt. »Aber es soll natürlich eine Überraschung für meine Frau werden«, hatte Besenrieder gesagt, worauf ihm der Tierhändler anbot, gegen einen bescheidenen Verköstigungssatz das Tier bis zum Heiligen Abend bei sich zu behalten. Besenrieder könne Adolar auch noch am Nachmittag dieses Tages abholen, er, der Tierhändler, habe keine Familie und hasse Weihnachten. Er sitze am 24. Dezember sicher bis sieben Uhr im Laden und mache den Jahresabschluß der Buchhaltung, das könne er, da in der Zeit von Weihnachten bis Silvester erfahrungsgemäß höchstens ein paar Mehlwürmer von Aquarienfreunden gekauft werden, und diese paar Mehlwürmer nehme er buchhalterisch und mehrwertsteuerlich ins neue Jahr hinüber. Übrigens sei der Käufer nicht verpflichtet, den Hund ›Adolar‹ zu rufen. Der Hund höre nicht auf diesen Namen, auch nicht auf ›von Königsbrunn‹. In den seltensten Fällen würden die Hunde mit ihrem Namen aus dem Stammbaum gerufen. Für Dackel empfehle sich ›Waldi‹ oder ›Purzel‹.

Besenrieder beschloß, die Rufnamensfrage seiner Frau zu überlassen, setzte den Hund vor der Wohnungstür auf den Boden und band ihm eine große rote Schleife aus Stoff um, mit Goldrand, wie man sie sonst für Weihnachtspakete verwendet. Dem Dackel war die Schleife unangenehm, und er versuchte sie durch Winden des Halses und Pfotenkratzen von seinem Hals zu entfernen. Vielleicht, dachte Besenrieder, ist die Schleife zu eng. Er beugte sich nochmals zum Hund hinunter, faßte nach der Schleife, aber da knurrte der Dackel und bellte laut.

Das hörte Frau Besenrieder, machte die Tür auf, schlug die Hände über dem Kopf zusammen, rief:

»Nein, wie niedlich.«

Die Kinder kamen gerannt. Besenrieder sagte:

»Adolar heißt er, aber wir können ihn noch umtaufen.«

Der Dackel rannte in den Flur, rieb den Hals am Vertiko, warf es fast um und brachte es fertig, die Schleife vom Hals zu zerren.

Alle anderen Geschenke traten in ihrer Bedeutung hinter Adolar zurück. Selbst die Kerzen am Christbaum – was später, wie sich zeigte, förmlich lebensrettend war – wurden nach wenigen Minuten wieder ausgeblasen. Die Weihnachtssendung im Fernsehen wurde ausgeschaltet. Alle vier Besenrieder setzten sich auf den Boden und betrachteten den Dackel.

Der Dackel knurrte.

»Es ist ihm noch ungewohnt«, sagte der älteste Bub.

»Ist er stubenrein?« fragte Frau Besenrieder.

»Selbstverständlich«, sagte Günther Besenrieder. Aber wahrscheinlich war die Erziehung des Dackels nicht davon ausgegangen, daß in der Stube, die ein Hund rein zu halten hat, ein Baum steht, nämlich der Christbaum, und er hob das Bein. Aber das war noch das wenigste. Kurz darauf – Frau Besenrieder hatte einen Kübel und einen Putzlumpen geholt, um Adolars oder Waldis oder Purzels, je nachdem, Duftmarke aufzuwischen – schaute der Hund den kleineren der Besenrieder-Buben mit gesenktem Kopf von unten her an, knurrte nicht nur, sondern fletschte die Zähne.

Der Bub flüchtete zur Mutter. Die Mutter stellte den Kübel hin (ein Glück im Unglück, wie sich bald zeigte) und nahm den Buben hoch.

»Der Hund ist noch nicht an Kinder gewöhnt«, sagte Herr Besenrieder.

»Er spuckt Bier«, sagte der ältere Bub.

»Was?«

Adolar knurrte. Frau Besenrieder schrie auf:

»Er hat Schaum vor dem Mund.« Adolar kläffte kurz und heiser zum Buben auf Frau Besenrieders Arm hinauf. Frau Besenrieder flüchtete hinter den Christbaum:

»Tu den Hund hinaus – Günther... Günther...!« Jetzt brüllte auch der größere Bub. Der Dackel drehte sich im Kreis und rollte die Augen. Frau Besenrieder stieg auf einen Sessel und sagte:

»Er hat die Tollwut!«

»Unmöglich«, wollte Herr Besenrieder sagen und auf das Zertifikat verweisen, das er vom Tierhändler über die tadellose Gesundheit des Hundes bekommen hatte. Besenrieder kam aber nur bis »Unmö«, da faßte der Dackel ihn ins Auge und – es sei das Fürchterlichste in der ganzen Sache gewesen, erzählte Besenrieder später, als er nach der Scheidung wieder öfters im Gasthaus saß und die Geschichte des Abends zum besten gab – und schielte. Der Dackel schielte wie ein Dämon, nahm einen Anlauf, raste auf Besenrieder zu. Besenrieder riß geistesgegenwärtig die Wohnzimmertür auf, sprang in die Höhe, der Dackel schoß unter ihm durch hinaus auf den Flur, Besenrieder schlug die Tür zu.

»Dreh den Schlüssel um!« kreischte Frau Besenrieder.

»Er kann doch die Tür nicht aufmachen«, sagte Besenrieder.

»Dreh den Schlüssel um«, schrie Frau Besenrieder einen halben Ton höher.

Da drehte Herr Besenrieder den Schlüssel um, und die Belagerung hatte begonnen. Von weihnachtlicher Stimmung war natürlich keine Rede mehr.

»Wir müssen die Polizei anrufen«, sagte Frau Besenrieder.

»Wie denn?« sagte Besenrieder, »das Telefon ist im Flur.« Die Lebensmittel waren in der Küche. Zum Glück hatte Besenrieder den Christbaum üppig mit Fondants und Russisch Brot geschmückt. Das half über die ersten Tage.

Klopfen an den Wänden war sinnlos. Besenrieder hatte ja gesehen, daß sowohl Astfellers als auch Geists verreist waren.

Sie schrien aus dem Fenster. Entweder hatten alle anderen Leute ihre Fenster fest verrammelt oder der immer stärker fallende Schnee erstickte das Rufen, jedenfalls antwortete niemand.

Nur einmal zeigte sich im ersten Stock im Haus auf der gegenüberliegenden Straßenseite eine alte Frau. Besenrieder brüllte und winkte. Die alte Frau winkte zurück, öffnete sogar das Fenster einen Moment und schrie: »Danke – ebenfalls frohe Feiertage.«

Als die Fondants und das Russisch Brot aufgegessen waren, aßen Besenrieders die Kerzen.

Der Hund – wie sich Besenrieder durch gelegentliche kühne Spähblicke durch den Türspalt überzeugte – ernährte sich vom Teppich des Flurs und, nachdem er ihn aufgefressen hatte, von zwei Paar Schuhen. Es schien ihm nicht nur zu schmecken, sondern sogar zu bekommen. Herr Besenrieder hatte nach drei Tagen den Eindruck, der Dackel sei merklich gewachsen.

Hunger ist bekanntlich eher zu ertragen als Durst. Im

Wohnzimmer war kein Wasserhahn, aber zum Glück war ja der Eimer Aufwischwasser da, und außerdem stand der Christbaum – damit er nicht so schnell nadelte – in einer großen Schüssel mit Wasser.

Als das Wasser ausgetrunken war, mußte man wohl oder übel an die Spirituosen gehen, die in der Herrenkommode verwahrt wurden. Die Familie trank im Lauf der Tage drei Flaschen Wermut, eine Flasche Bourbon, zwei Flaschen Scotch, eine Flasche Steinhäger und etliche Flaschen Wein aus. Das hatte den Vorteil, daß die Kinder fast ständig schliefen und daß über Herrn und Frau Besenrieder zeitweilig eine heitere Gelassenheit kam. (Wovon der Dackel seinen Durst stillte, war unklar. Wahrscheinlich, vermutete der ältere Besenrieder-Sohn, ist die Badezimmertür offen, und die Bestie trinkt aus dem Klo.)

Trotz heiterer Gelassenheit waren die gruppendynamischen Verhältnisse im Wohnzimmer verheerend. Herr Besenrieder erfuhr im Lauf dieser Tage vielfach und in immer rascher werdenden Wiederholungen alles, was er in der Ehe falsch gemacht hatte. Zorn- und Tränenausbrüche wechselten ab mit Selbstmorddrohungen:

»Ich geh' hinaus auf den Flur und lasse mich von der Bestie zerfleischen.«

Und Besenrieder wurde durch die Schraubstocksituation auch nicht gerade ein Engel. Die Eheleute nagten sich seelisch ab bis auf die Knochen. Zum Schluß vergaß sich Besenrieder bis zu einer Ohrfeige, die er seiner Frau gab. Besenrieder tat die Ohrfeige zwar sofort leid, er stand da wie erstarrt. Die Kinder weinten. Frau Besenrieder sagte nur: »So!«, ergriff die letzte Flasche Sliwowitz und stürzte mit dem Viertelliter, der darin war, alles in sich hinunter, was es an Flüssigkeit noch in dem Zimmer gab. »Paula!« rief Günther.

Zu spät. In jeder Hinsicht zu spät. Als Adolar von Königsbrunn am Abend des Neujahrstages endlich doch verhungerte, verließ Frau Besenrieder das Wohnzimmer nur, um ungerührt über die Dackelleiche hinwegzusteigen, im Schlafzimmer ihren Koffer zu packen, und zu ihren Eltern zurückzukehren. Die Kinder holte sie einige Tage später, am selben Tag, als gegen Besenrieder ein Disziplinarverfahren wegen unentschuldigten Fehlens eingeleitet wurde.

Als Besenrieder vor dem Disziplinarausschuß die Sache mit Adolar erzählte, lachte der Vorsitzende fürchterlich, sagte, das sei ohne Zweifel die originellste Ausrede, die er je gehört habe. Geglaubt wurde Besenrieder nicht.

Die Scheidungskosten und der Versorgungsausgleich fraßen Besenrieders Ersparnisse auf. Als er den Schadensersatzprozeß gegen den Tierhändler verlor, mußte er, um die Verfahrenskosten zahlen zu können, sein Auto verkaufen.

Er kam nach der Entlassung aus dem Dienst als Pfleger in einem Tierasyl unter. Immerhin verdiente er so viel, daß er abends in einer billigen Wirtschaft ein paar Bier trinken konnte. Auch den Heiligen Abend verbrachte er regelmäßig in dieser Wirtschaft. Sie hieß »Sporteck«. In vorgerückter Stunde pflegte er den anderen Elendsexistenzen die Geschichte vom Dackel Adolar und von der Tollwut zu erzählen. Sie war stets ein Lacherfolg.

HUGO WIENER

Fröhliche Weihnachten

Letztes Jahr am Weihnachtstag bekamen meine Frau und ich eine süße Weihnachtskarte. Was, werden Sie fragen, kann an einer Weihnachtskarte süß sein? Ich werde es Ihnen sagen: Es war keine eigentliche Karte, es war ein Billett, und wenn man es aus dem Umschlag nahm und öffnete, ertönte ein Spielwerk und spielte zart und leise: »Stille Nacht, heilige Nacht.«

Meine Frau und ich waren gerührt. Im Zimmer verbreitete bereits der Weihnachtsbaum seinen Duft, darunter lagen die noch verpackten Geschenke, aus der Küche drang der Wohlgeruch der Weihnachtsbäckereien, und jetzt noch die erhebende Weise des »Stille Nacht, heilige Nacht«. Es herrschte eine richtige Weihnachtsstimmung im Zimmer, und meine Frau und ich erinnerten uns an die Zeit, in der die Weihnachtsbäume noch nicht aus Aluminium, sondern aus richtigem Plastik waren. Eben starteten ein paar Tränen, um aus meinen Augen zu rinnen, als die Melodie ein zweites Mal begann. Klar. Das Lied hatte ja zwei Verse. Mindestens. Nun begann sie ein drittes Mal. Also drei Verse. Denkste, sagt der Berliner, während der Wiener »Schnecken« sagt. Sie ertönte ein viertes, ein fünftes, ein sechstes Mal. Sie hörte nicht auf zu ertönen. Wir klappten das Billett zusammen und steckten es in den Umschlag – sie ertönte. Wir nahmen es heraus und öffneten es – sie ertönte. Es wurde Mittag, Nachmittag, Abend – sie ertönte noch immer. Wir hatten uns vorgenommen, einmal am Weihnachtsabend allein zu sein, und wir waren auch allein. Allein mit dem Weihnachtsbillett. Wir standen unter dem Baum – stille Nacht, heilige Nacht. Wir aßen unseren Karpfen – stille Nacht, heilige Nacht. Meine Frau machte ein verkrampftes Gesicht, ich zitterte vor Nervosität – stille Nacht, heilige Nacht. Wütend sprang ich aus dem Bett, trug das Billett ins Vorzimmer, dachte, endlich wird Ruhe sein, aber kaum lag ich wieder im Bett, als meine Frau sagte: »Das hättest du nicht tun sollen.«

»Was hätte ich nicht tun sollen?« fragte ich.

»Die Karte ins Vorzimmer tragen. Schließlich haben wir Weihnachten.«

Ich stand also auf, holte die Karte wieder herein und legte sie auf meinen Nachttisch – stille Nacht, heilige Nacht. Ich legte sie auf den Nachttisch meiner Frau – stille Nacht, heilige Nacht. »Diese verfluchte Melodie!« zischte ich.

Meine Frau setzte sich im Bett auf. »*Was* hast du gesagt?« fragte sie entsetzt.

»Diese verflucht schöne Melodie«, korrigierte ich schnell.

»Dein Glück«, meinte meine Frau pikiert. »Weihnachten flucht man nicht, und was das Lied anbelangt, handelt es sich schließlich um eine Weise, welche überall mit dem tiefsten Gefühl aufgenommen wird. Sogar in Japan.«

Ich weiß nicht, wie meine Frau gerade auf Japan kam, aber ich wollte, das Billett wäre in Japan gewesen. Ich hätte es den Japanern gegönnt, als Revanche für den Wirtschaftskrieg, in den sie uns gestürzt haben. Aber ich hütete mich, etwas zu sagen. Stumm, mit offenen Augen, lagen wir da. Stille Nacht, heilige Nacht, zirpte es. »Vielleicht kann man es abstellen«, meinte meine Frau endlich zögernd.

Schnell sprang ich aus dem Bett, besah mir das Spielwerk – man konnte es *nicht* abstellen. Ich bastelte daran herum – es wurde von einer Batterie betrieben. »Dann kann es doch nicht mehr lange dauern«, meinte meine Frau beruhigt, »jede Batterie ist einmal aus.« Da die meisten Batterien bloß eine Dauer von acht Stunden haben, war auch ich dieser Ansicht. Die Batterie spielte bereits seit vierzehn Stunden – also was soll's? Ich ging wieder zu Bett – stille Nacht, heilige Nacht. Fünfzehn Stunden. Ich wälzte mich herum – sechzehn Stunden.

»Leg das Billett in eine Lade«, sagte meine Frau, »dann hören wir es nicht, haben es aber doch im Zimmer.« Flugs sprang ich wieder aus dem Bett, legte das Billett in eine Lade und legte mich wieder hin. Nun hörten wir nichts, konnten aber trotzdem nicht einschlafen. Es war plötzlich so still geworden. Nach einer halben Stunde sagte meine Frau: »Vielleicht sollten wir sie doch wieder – –?«

Ich hatte nur darauf gewartet. Schnell sprang ich wieder aus dem Bett, nahm das Billett aus der Lade und legte es hin – stille Nacht, heilige Nacht. Als ich für kurze Zeit einschlief, hatte ich einen beängstigenden Traum. Eine Bande von Mafiosi raubte uns das Billett und verlangte für seine Herausgabe zehn Millionen Schilling. »Lassen Sie die Polizei aus dem Spiel«, warnte uns eine Stimme am Telefon, »geben Sie die Summe in kleinen Scheinen in einen Koffer und werfen Sie ihn um zwölf Uhr nachts von der Schwedenbrücke in die Donau.« Ich weigerte mich, dem Befehl zu folgen, und nahm den Kampf mit der Bande auf. Ich folgte ihr bis Japan, in Tokio stellte ich sie, nahm ihr das Billett ab und flog nach Hause. Überglücklich nahm meine Frau es in Empfang. Auch das Billett war glücklich, wieder bei uns zu sein. Dankbar für seine Errettung aus der Gewalt der Gangster, spielte es: Stille Nacht, heilige Nacht. Ich erwachte – das elende Machwerk spielte wirklich! Nun waren es bereits zwanzig Stunden, und die verdammte Batterie zeigte kein Zeichen von Müdigkeit. Außer mir, sprang ich wieder aus dem Bett. Ich schickte mich an, das Billett zu zerreißen.

»Untersteh' dich!« rief meine Frau drohend. Sie hatte meine Absicht erraten. »Die Karte soll so lange spielen, solange es ihr gefällt.«

Das tat sie denn auch. Sie spielte, solange es ihr gefiel. Und es gefiel ihr lange. Wir lernten, mit dem Billett zu leben. Es wurde Ostern – stille Nacht, heilige Nacht. Pfingsten – stille Nacht, heilige Nacht. Wir fuhren auf Urlaub, um dem Billett zu entfliehen – wir hätten es mitnehmen sollen. Nach der ersten Woche war uns bang nach ihm. Es fehlte uns. Wo immer wir waren, sprachen wir von ihm. Wird es noch spielen? Wir brachen den Urlaub ab und fuhren nach Hause. Ungeduldig wie die Kinder schlossen wir die Tür auf, stürzten ins Schlafzimmer – es spielte noch. Stille Nacht, heilige Nacht.

Es wurde Herbst – stille Nacht, heilige Nacht. Die Tage wurden kurz – stille Nacht, heilige Nacht. Der erste Schnee fiel vom Himmel – stille Nacht, heilige Nacht. Anfangs Dezember sagte ich zu meiner Frau: »Ich habe eine Idee. Wir laden für den Heiligen Abend ein paar Gäste ein und sobald die Kerzen am Baum brennen, bringe ich unser liebes Spielili herein und führe es vor.« Wir hatten unserem kleinen Liebling inzwischen den Namen »Spielili« gegeben. Meine Frau war einverstanden.

Der 24. Dezember kam heran. Wir hatten Robinsons, Goldmanns und Wronskys geladen. Alle kamen sie und brachten ihre Geschenke. Robinsons brachten meiner Frau ein Fläschchen Parfum und mir ein After-shave, Goldmanns brachten meiner Frau ein Fläschchen Parfum und mir ein After-shave, während Wronskys meiner Frau ein Fläschchen Parfum und mir ein After-shave brachten. Auch wir hatten Geschenke für unsere Gäste vorbereitet, und zwar bekam jede Dame ein Fläschchen Parfum und jeder Herr ein After-shave.

»Und jetzt wartet«, sagte ich geheimnisvoll, »ich zeige euch ein Weihnachtswunder.« Ich eilte hinaus, brachte das Billett – es gab keinen Ton von sich. Die Batterie war zu Ende. Ein Jahr lang hatte sie gearbeitet – jetzt ließ sie mich im Stich. Die Gäste sahen mich verwundert an. Da stand ich mit einem Weihnachtsbillett in der Tür – das sollte ein Wunder sein?

Was blieb mir übrig? Ich sang mit voller Stimme:

»Stille Nacht, heilige Nacht«, die anderen fielen ein, das Essen war gut, der Wein war ausgezeichnet, und so wurden es doch noch Fröhliche Weihnachten.

Eines weiß ich aber schon heute: Im nächsten Jahr, wenn der Briefträger die Weihnachtspost bringen wird, werden meine Frau und ich uns ansehen und werden denken: Ein so schönes Billett wie Spielili eines war, werden wir nie mehr bekommen.

Der Alltag kehrt ein

CHRISTIAN MORGENSTERN

Das Weihnachtsbäumlein

Es war einmal ein Tännelein
mit braunen Kuchenherzlein
und Glitzergold und Äpflein fein
und vielen bunten Kerzlein:
Das war am Weihnachtsfest so grün,
als fing es eben an zu blühn.

Doch nach nicht gar zu langer Zeit,
da stands im Garten unten,
und seine ganze Herrlichkeit
war, ach, dahingeschwunden.
Die grünen Nadeln war'n verdorrt,
die Herzlein und die Kerzlein fort.

Bis eines Tags der Gärtner kam,
den fror zu Haus im Dunkeln,
und es in seinen Ofen nahm –
hei! tats da sprühn und funkeln!
Und flammte jubelnd himmelwärts
in hundert Flämmlein an Gottes Herz.

ROSE AUSLÄNDER

Winter I

In der Drachenwohnung
haben wir uns eingerichtet

Schon blühen
glitzernde Eisfarren
auf der Scheibe
und der lachende Schneemann
kehrt den Wind
vor unsrer Tür

Wir träumen
daß es einen Schlafengel gibt

Verzeichnis der Autorinnen, Autoren, Texte und Druckvorlagen

Die Texte folgen den verzeichneten Druckvorlagen. Die mit einem Stern * versehenen Titel sind von den Herausgeberinnen ergänzt worden.

ANONYM

89 Wer klopfet an?

Aus: August Hartmann: Volkslieder in Bayern, Tirol und Land Salzburg gesammelt. Bd. 1: Volksthümliche Weihnachtslieder. Leipzig: Breitkopf und Härtel, 1884. S. 121.

ROSE AUSLÄNDER (1901–1988)

130 Winter I

Aus: R. A.: Gesammelte Werke in 7 Bänden und einem Nachtragsband. Hrsg. von Helmut Braun. Bd. 3: Hügel aus Äther unwiderruflich. Gedichte und Prosa 1966–1975. Frankfurt a. M.: S. Fischer, 1984. S. 164. – © 1984 S. Fischer Verlag GmbH, Frankfurt am Main.

WALTER BENJAMIN (1892–1940)

46 Ein Weihnachtsengel

Aus: W. B.: Berliner Kindheit um neunzehnhundert. Mit einem Nachw. von Theodor W. Adorno. Frankfurt a. M.: Suhrkamp, 1987. S. 64 f.

WERNER BERGENGRUEN (1892–1964)

85 Kaschubisches Weihnachtslied

Aus: W. B.: »Gestern fuhr ich Fische fangen ...«. Hundert Gedichte. Hrsg. von N. Luise Hackelsberger. Zürich: Arche Verlag, 1992. S. 30 f. – Mit Genehmigung der Erben Bergengruen.

SILVIO BLATTER (geb. 1946)

78 Weihnachtsgeschichte
Aus: S. B.: Wassermann. Roman. Frankfurt a. M.: Suhrkamp, 1986. S. 96–101. – © Mit Genehmigung von Silvio Blatter.

HEINRICH BÖLL (1917–1985)

74 Die Kunde von Bethlehem
Aus: H. B.: Werke. Kölner Ausgabe Bd. 6. 1952–1953. Hrsg. von Árpád Bernáth in Zusammenarbeit mit Annamária Gyuráez. Köln: Kiepenheuer & Witsch, 2007. – © 2007 Verlag Kiepenheuer & Witsch GmbH & Co. KG, Köln.

WOLFGANG BORCHERT (1921–1947)

71 Die drei dunklen Könige
Aus: W. B.: Das Gesamtwerk. Mit einem biographischen Nachw. von Bernhard Meyer-Marwitz. Hamburg: Rowohlt, 1977. S. 185–187.

CHRISTINE BUSTA (1915–1987)

11 Kleine Dezemberelegie
Aus: Ch. B.: Der Atem des Wortes. Gedichte. Hrsg. aus dem Nachlass von Anton Gruber. Salzburg/Wien: Otto Müller, 1995. S. 83. – © Otto Müller Verlag, Salzburg 1995, 2. Auflage.

HEINRICH DETERING (geb. 1959)

12 Advent
Aus: H. D.: Schwebstoffe. Gedichte. Göttingen: Wallstein, 2004. S. 25. – © 2004 Wallstein Verlag, Göttingen.

T. S. ELIOT (1888–1965)

98 Die Veredelung von Weihnachtsbäumen
Aus: T. S. E.: Werke. Bd. 4: Gesammelte Gedichte. 1909–1962. Hrsg. und mit einem Nachw. von Eva Hesse. Übers. von Alexander Schmitz. Frankfurt a. M.: Suhrkamp, 1972.

S. 169–171. – © 1972 Suhrkamp Verlag, Frankfurt am Main. Alle Rechte bei und vorbehalten durch Suhrkamp Verlag Berlin.

THEODOR FONTANE (1819–1898)

23 *Weihnachtliche Vorboten
Aus: Th. F.: Autobiographisches. Gedichte. München: Nymphenburger Verlagshandlung, 1969. S. 89–92.

MARTIN GREIF (d. i. Friedrich Hermann Frey, 1839–1911)

48 Weihnachtsbaum
Aus: M. G.: Buch der Lyrik. Gedichte. – Neue Lieder und Mären. München: C. F. Amelangs Verlag, 1924. S. 124.

FRITZ HABECK (1916–1997)

49 Die Frage nach dem Christkind
Aus: F. H.: Gedanken in der Nacht. Erzählungen (1948–1958). Hrsg. von Andreas Weber. Weitra: Verlag publication PN° 1, 1996. S. 128–132. – © 1996 Verlag publication PN° 1, Bibliothek der Provinz, A-3879 Weitra.

PETER HANDKE (geb. 1942)

67 Lebensbeschreibung
Aus: P. H.: Ich bin ein Bewohner des Elfenbeinturms. Frankfurt a. M.: Suhrkamp, 1972. – © 1972 Suhrkamp Verlag, Frankfurt am Main. Alle Rechte bei und vorbehalten durch Suhrkamp Verlag Berlin.

HERMANN HESSE (1877–1962)

58 In Weihnachtszeiten
Aus: H. H.: Sämtliche Werke in 20 Bänden. Hrsg. von Volker Michels. Bd. 10: Die Gedichte. Frankfurt a. M.: Suhrkamp, 2002. S. 183. – © 2002 Suhrkamp Verlag, Frankfurt am Main. Alle Rechte bei und vorbehalten durch Suhrkamp Verlag Berlin.

E. T. A. HOFFMANN (1776–1822)

102 Nussknacker und Mausekönig
Aus: E. T. A. H.: Nussknacker und Mausekönig. Stuttgart: Reclam, 2022. S. 7–14.

JOHANNES KARL (1806–1887)

100 Der Christbaum ist der schönste Baum
Aus: O freudenreicher Tag. Advents- und Weihnachtslieder aus alter und neuer Zeit mit wertvollen Tonsätzen. Neumünster i. Holstein: Möbius, 1941. S. 64. – Melodie: G. Eisenbach.

NORBERT KASER (1947–1978)

87 24. dezember
Aus: N. K.: Gesammelte Werke. Hrsg. von Hans Haider [u. a.]. Bd. 1: Gedichte. Innsbruck: Haymon-Verlag, 1988. S. 66. – © 1988 Haymon-Verlag, Innsbruck.

KLABUND (d. i. Alfred Henschke, 1890–1928)

69 Weihnachtslegende
Aus: K.: Gesammelte Gedichte. Lyrik, Balladen, Chansons. Wien: Phaidon-Verlag, 1930. S. 13 f.

VOLKER KRIEGEL (1943–2003)

35 *Der Weihnachtsmann und Olaf, der Elch
Aus: V. K.: Olaf, der Elch. Eine Weihnachtsgeschichte. Zürich: Haffmans, 1999. S. 34–47. – Mit Genehmigung von Evelyn Kriegel, Wiesbaden.

CONRAD FERDINAND MEYER (1825–1898)

65 Weihnacht
Aus: C. F. M.: Sämtliche Werke. Hrsg. von Hans Zeller und Alfred Zäch. Bd. 7: Die Gedichte aus dem Nachlass. Bern: Benteli, 1991. S. 366.

CHRISTIAN MORGENSTERN (1871–1914)

129 Das Weihnachtsbäumlein

Aus: Ch. M. / Max Knight: Igel und Agel. Galgen- und Kinderlieder / Stickly and Stackly. Gallows and Children's Songs. München/Zürich: Piper, 1972. S. 106.

HEINZ PIONTEK (1925–2003)

28 Auf Weihnachten zu

Aus: H. P.: Feuer im Wind. Werke. Bd. 3. Die Erzählungen. München: Schneekluth, 1985. S. 235–240. – © Anton Hirner, Lauingen.

GERHARD POLT (geb. 1942)

40 Adveniat

Gerhard Polt: Adveniat. In: G. P.: Heute wegen Tod geschlossen. Dialoge von A nach B. Mit Zeichnungen von Greser & Lenz. Zürich: Kein & Aber, 2008. S. 10–13. – © 2008 by Kein & Aber AG, Zürich – Berlin.

RAINER MARIA RILKE (1875–1926)

59 *Brief an die Mutter

Aus: R. M. R.: Gesammelte Briefe in sechs Bänden. Bd. 4: Briefe aus den Jahren 1914 bis 1921. Hrsg. von Ruth Sieber-Rilke und Carl Sieber. Leipzig: Insel-Verlag, 1938. S. 360–363.

JOACHIM RINGELNATZ (1883–1934)

45 Vorfreude auf Weihnachten

Aus: J. R.: Und auf einmal steht es neben dir. Gesammelte Gedichte. Berlin: Henssel, 1950. S. 476.

HERBERT ROSENDORFER (1934–2012)

112 Der Weihnachtsdackel

Aus: H. R.: »Die Frau seines Lebens« und andere Geschichten. München: Nymphenburger, 1985. S. 144–154. – © 1985 by nymphenburger in der F. A. Herbig Verlagsbuchhandlung GmbH, München.

KURT SCHWITTERS (1887–1948)

13 Nikolaus
Aus: K. Sch.: Das literarische Werk. Bd. 3: Prosa 1931–1948. Hrsg. von Friedhelm Lach. Köln: Dumont, 1998. S. 15 f.

HELGE SOBIK (geb. 1967)

54 *Hoch oben beim Weihnachtsmann
Aus: H. S.: Lesereise Finnland. Das letzte Postamt diesseits des Polarsterns. Wien: Picus Verlag, 2002. – © 2002 Picus Verlag Ges. m. b. H., Wien.

THEODOR STORM (1817–1888)

95 Weihnachtsabend
Aus: Th. S.: Werke. Mit einem Essay von Thomas Mann. Hrsg. von Gottfried Honnefelder. Bd. 1: Gedichte, Märchen und unheimliche Geschichten. Novellen. Frankfurt a. M.: Insel Verlag, 1975. S. 103–105.

OSKAR JAN TAUSCHINSKI (1914–1993)

15 Von Türen und Krippen
Aus: O. J. T.: Talmi. Roman. Icking/München: Kreisselmeyer, 1963. S. 10–17. – © IG Autorinnen Autoren, Wien.

ROBERT WALSER (1878–1956)

110 Christbaum
Aus: R. W.: Sämtliche Werke in Einzelausgaben. Hrsg. von Jochen Greven. Bd. 13: Die Gedichte. – © Mit freundlicher Genehmigung der Robert Walser-Stiftung, Bern. – © Suhrkamp Verlag Zürich 1978 und 1985.

HUGO WIENER (1904–1993)

122 Fröhliche Weihnachten
Aus: H. W.: Total heiter. Die besten Geschichten. Wien/München: Amalthea Verlag, 1994. S. 172–176. – © 1985 by Amalthea Signum Verlag GmbH, Wien.